大
方
sight

你忘了全世界，
但我记得你

郑秋豫 著

中信出版集团|北京

图书在版编目（CIP）数据

你忘了全世界，但我记得你 / 郑秋豫著 . -- 北京：
中信出版社，2025.4. -- ISBN 978-7-5217-7026-1
Ⅰ. I267
中国国家版本馆 CIP 数据核字第 2024V5E402 号

本书通过四川一览文化传播广告有限公司代理，经宝瓶文化事业股份
有限公司授权出版中文简体字版本

你忘了全世界，但我记得你
著者：　　郑秋豫
出版发行：中信出版集团股份有限公司
　　　　　（北京市朝阳区东三环北路 27 号嘉铭中心　邮编　100020）
承印者：　河北鹏润印刷有限公司

开本：787mm×1092mm 1/32　　印张：8　　字数：128 千字
版次：2025 年 4 月第 1 版　　　　印次：2025 年 4 月第 1 次印刷
书号：ISBN 978-7-5217-7026-1
定价：52.00 元

版权所有·侵权必究
如有印刷、装订问题，本公司负责调换。
服务热线：400-600-8099
投稿邮箱：author@citicpub.com

序
原来我写的是许多人心中的那本书

2024年5月初，已年过七十用英文写了一辈子学术论文的我，以素人作家的身份，出版了一生中第一本非学术书《你忘了全世界，但我记得你》（宝瓶文化）。这本书的初心是老老照顾，主要描述的是老年照顾者的经历与心境。

这本书问世前，我完全没有料到一出版就立刻畅销且不断再版、有简体字版及韩文译本；更不曾想过，到了岁末，它还获选了金石堂年度十大影响力好书。随着畅销纷沓而至久久未竟的，还有平面媒体的大幅报道和专访、电台播客和电视台的访问，以及来自各方的演讲邀约。我怀着不可思议的心情和掩不住的诧异，好似通告艺人般，马不停蹄地从微热的初夏一直奔走到溽暑褪去。

从第一个访谈开始，我的预设就被颠覆了。我设想的主要读者是那些在老老照顾场景中，终将力不从心、不得不弃械投降的老年照顾者，性别上多数是如我这般已是银发苍苍的老妻。换言之，我以为会心有戚戚的应多为耄耋。但我万万没有料到，那些因准备访谈节目而事先读书的节目制作人和主持人，还有节目的幕后工作人员，竟然是最先给我回响的读者。不少访问者或主持人是抹着眼泪进行访问的，访问过程中，好些坐在隔音室里不出一声的工作人员也是一样泪眼婆娑。在许多访谈前后的交流中，这些不同年龄的读者哽咽着告诉我他们的经历，感性地谢谢我写出了他们心里的话。同样地，除了访谈，那些来听我演讲的听众和找到我电邮地址来函的读者，也不限于年龄、照顾角色，甚至地域。这些读者的身份不但包括年迈甚至自己也患病的配偶，还有不再年轻的子女、同住的亲人，甚至孙辈。他们中有些人是主要照顾者，有些是协同照顾者。而需要长期照顾的亲人，也不限于阿尔茨海默病患者，还包括了其他需要长期照顾的情况，如癌症、中风后半身不遂或卧床，以及不可逆的帕金森病（Parkinsonism）等。无论是当面话语还是字里行间，他们说的都是"谢谢你写了这本书，说出了我心中的话，原来我并不孤单"。

下面我愿与简体字版的新读者分享我整理的读者回响：

一、我怎么办？

有许多妻子在成为主要照顾者多年后，面对逐渐退化的丈夫的要求，越来越不知如何应对，已然撑不下去；但尚未丧失语言能力的丈夫却时时提醒、一再要求承诺，绝对不能离开自己的家，绝对不肯接受其他人来照顾，更绝对不愿意被送去照顾机构。作为妻子的她们，或不愿应允做不到的未来，或不忍让丈夫伤心失望，或不敢引发丈夫勃然变脸，或已经力有不逮撑不下去，竟日生活在有形或无形的压力桎梏中。另一种老老照顾是银发年龄的子女，照顾八九十高龄失智的父母多年，经济和体力负荷皆已不支，面对家属和社会的压力，也被禁锢在照顾者的角色中无所逃遁。他们或当面对我哭诉："你知道的，郑老师！我每天都在心里问自己，我怎么办？怎么过下去？"或发给我主题为"我怎么办"的电邮。他们要的不是我给出答案，而是表达心中的呐喊，因为他们理解我，也知道我理解他们。

二、天边孝子

一个家庭中，承担主要照顾任务的通常只有一人，承担开支的则不一定；出钱出力从来不是平均分摊，有钱出钱、有力出力也经常止于理想。世界早已是"地球村"，家庭成员散居各地更是平常。许多主要照顾者除了日日手忙脚乱、招架无力，还要不时面对隔空而来的质疑、要求、提点、指导，真是情何以堪。若是隔代照顾，面对来自长辈的指正更是无奈。"你怎么不多带他到户外散步、晒太阳？""你一定要注意他的营养要均衡，少量多餐最好。有没有给他补充高蛋白？""你怎么给他穿这么少？他受凉了怎么办？""水果要打成汁，不要直接给他吃。""不要省电费，给他开空调。"……这些不帮忙、不分担反而添乱的关心，是许多照顾者的梦魇。

三、送亲人进入长照机构是原罪吗？

一位四十余岁的女性读者通过朋友辗转告诉我，她是如何泪流满面地读完我的书，又如何一定要让我知道，这本书给了她救赎。原来她是独生女，必须一个人照顾失智的母亲。她白天上班，下班后照顾母亲，在蜡烛两头烧的情况下勉强撑了好几年，终于不得不把母亲送进照顾机构。但排山倒海而来的是亲友们的责难与强烈的愧疚，在"你怎么可以抛弃母亲"与"我怎么把母亲抛弃了"的夹攻下，她罹患了相当严重的抑郁症，药石无功。在即将失控之际，一位友人送给她我的这本书，她读到我不得不把先生送入长照机构的种种，掩书痛哭。原来也有人也和她一样，做出了不得不把至亲送交机构照顾的决定；原来做这个决定的老妻（即作者我）也陷入了抑郁，必须求医；原来这不是一个不应该、不可以的决定，更不是不爱他、抛弃他的行为；原来只有先保住自己的健康，才有能力继续承担照顾的重责；原来她没有做错，更无须自责。另一位读者更是简洁地写道："郑老师，爱是天性，但因爱而戴上的沉重枷锁，不能负荷时便需卸下。而且这个爱的枷锁，需要由自己卸下。"

四、银发族自救

我在书中写到，把先生送入机构照顾后，我自己也入院接受了外科手术。但先生已无行为能力，独生女又在国外，我不但术前无人签署手术同意书，术后休养期间还得有人代替我待命，以配合我先生随时可能需要送急诊的需求。于是我组了一个由多位友人组成的群，由他们机动性地协调配合可能的突发状况。这种拉群的做法，得到了许多读者的一再肯定。因为高龄社会已至，银发族独居的可能性是随年纪增长正向增加的。我的"支援小组"正好为银发独居者提供了一个自助自救的参考。

五、抑郁症与向外求助

我在书中毫无保留地写到居家照顾的后期，我因力不从心而过度焦虑，以致长期失眠、腹泻，完全提不起精神，最终抑郁成疾。在我把先生送入机构后，我又因担心他不能适应且自己心存愧疚与不舍，导致抑郁加重，但我终究在求医后走出了抑郁。许多身为照顾者的读者当面问我，抑郁症是怎么好的。可见因为照顾而患了抑郁的家属不计其数。针对这个问题，我自己作为患者，从自己的经验出发，在书中提到了求助的必要性。心理疾病和生理疾病一样，必须向外求助，向专业医护求助，并一定要配合医疗及药物，才能渡过难关。

六、亲子相处

书中很自然地触及了我的家庭生活，以及我与家人的相处方式。让我感到意外的是，我与先生感情很好，与成年女儿既是母女又如闺蜜般的相处模式，竟得到了不少人的关注和询问，尤其是我与女儿特别融洽这方面。我在书中写到，我对孩子完全的信任、接受和尊重，不过还是有许多读者希望我能回答怎么做。看来，亲子相处仍是不少家庭的共同课题。

鉴于我的学术专业背景并不涉及长期照护、失智症、医疗政策、社会福利等相关领域，我在写这本书时自始就非常谨慎，一再提醒自己不能跨出自己的专业，越界提出类似处方的建议或批判。我给自己的界定，写这本书的初心，是只从照顾失智老伴的角度，发自内心地分享经历与心路；写这本书的期许，是唯愿读者能获得情绪的共鸣与同理心，以及心灵的抒发与疗愈。

从出版后与众多读者的接触和社会回响中，我一方面讶异如此一本小书竟能引起如此大的社会关注与热度，另一方面，我也通过来自各方无比珍贵的读者回响，开展新的学习并获得启发：我原来以为，我写的书触动了一些读者的心弦；如今我体会到，原来许多人心中都有一本书，而我只不过把那本书写出来了而已。

2024 年 12 月

繁体版序
记得有人爱着你

农历正月初九的清早，年关刚过，我坐在餐桌前，一边啜饮着热腾腾的咖啡，一边看着金色的阳光从窗户投射进来，在地板上绘出美丽的几何图案。今天早上的我，是多么希望伏波仍像往日一般，与我在餐桌对坐，一起吃早餐、喝咖啡；我又是多么希望他还记得每天早上那杯香气四溢的咖啡，还记得一点我们共同的回忆。

上星期我去机构探望伏波时，也是个这样晴朗的好天。我把坐在轮椅上的他推出庭院，让他沐浴在温暖的阳光下。他看见我时没有丝毫反应，但我早已习惯，一点不以为意。

不一会儿，照服人员端着午饭送到我们面前，好让我在室外为他喂食。她对我说，一早已经把病人都推出来晒过太阳了。

她看着僵硬地坐在轮椅上、腰部无力直起的伏波，说："他的身体近日越发僵硬，穿脱衣服更加困难；坐轮椅也益发不易，绑着腰部也好像要往下溜，也许不久就得卧床了。"

我听了万分不舍。一年多前他进入机构时，还能走路；一旦卧床，连到外面晒晒太阳都更加困难了，他怎么就恶化得这么快呢？我不免想起主治医师提示的"过程"：阿尔茨海默病（Alzheimer's Disease）不可逆，病情就是个过程。

因为需要照顾罹患阿尔茨海默病的丈夫伏波，我提早两年，在2018年10月31日从"中研院"退休，结束了三十六年的研究工作。

回想我自1999年起开始的口语韵律结构研究，采用了结合实验语音学、语料库语言学和语音科技开发的跨学科研究方法，一而再、再而三地找出新证，推出新解；随着年岁日长，我推展研究课题益发顺利，新解源源而出，研究工作从未如此令我乐此不疲。

但由于伏波失智，生活越来越依靠我，我不得不在2018年提前两年裸退，向热爱的研究工作道别。

退休前,我自认做了该做的心理准备,离开职场后,就成为全天候的照顾者。但是与此同时,我没能为自己准备好的是,携手四十多年的生活与心灵伴侣,其实正一天天地离我而去。

生活起居的照顾日益艰难本是预期,没能预期的是他人还在、心已失的日子,竟是如此地令我难以招架!

我从外面回家推门而入时,他就坐在沙发上,但再也没有殷殷期盼的眼光;我习惯地开口准备絮叨时,他就在我身旁,但再也没有专注的聆听和及时的回复;我做好饭菜端上桌时,他就与我在餐桌对坐,但再也没有立刻绽放的笑颜。我每每不自觉地启口想与他交谈,面对的却是他空洞的眼神和静默的无言。我带他去医院就诊时,搭车、走路、候诊、领药,都需一再地确认他就在身旁。

他的无言及没有反应,渐渐地成了我的煎熬。原来再也无法理解我的丈夫,是这样的令人焦虑;原来再也不会回答的亲人,是那样的令人伤悲;原来他人还在,而我的伴侣已去。

但更严重的是,我的生活从游刃有余、忙忙碌碌变得束手无策、无所依托。我仍坚持每日五点半起床运动一小时,注意饮食,保持生活规律,但我怎么还焦虑不安、失眠困顿，进而陷入忧郁呢？我怎么可以生病呢？

如今回顾，原来在我的伴侣心智离去、我俩不再交心时，即使他就在身旁，我的独老却已然开始。作为伏波无怨无悔的照顾者，我虽然被他完全的信任与依赖，但面对他逐日封闭的心灵，我只感到无能为力，孤单无依。

虽然经过四十年的磨炼，我在学术研究与日常家务间颇能游刃有余，但面对伏波被阿尔茨海默病渐渐侵蚀的身心状态，我自己的身心准备不足，也不太确定如何应对越来越频繁的突发状况。

我身边的亲朋好友，学术界的同侪、后辈、学生与助理，几乎认定我是个"钢铁人"。连我自己也从未认为我会困在生活中，因焦虑而倒下，更从未料到因为提早来到的独老，我竟成为需要身心药物的病人。

一向健康、开朗，悠游于职场和家务中的我，在退休短短的四年后，成了身心患病、骨瘦如柴的老妪。

直到我读了好友刘秀枝医师所著的《终究一个人，何不先学快乐的独老》一书（宝瓶文化，2022），才发现我在照顾伏波之前，以及照顾他的过程中，皆未能为自己有夫婿却无伴侣的老年，做任何心态上的准备；更遑论如何超前部署，成为一个快乐独居的银发族！

我始料未及的是照顾罹患阿尔茨海默病的伴侣，就算是全心的爱和全部的付出，不过区区四年，我就已走到山穷水尽、日日碰壁的死谷。

我自认开始照顾时，身体健康，心理强大，想尽方法，试过各种对伏波有助益的生活方式，每天安排不同的活动、参与更多的社交生活、经常出游等，尽量做一切文献上建议可以做和有帮助的事。但到后来我有一个领悟：任何所谓的"对他有帮助"的方法，也都是阶段性的。在他失智的过程中，即便有些活动能让他短暂参与，展开笑颜，但随着他短程记忆的崩坏及心智衰退，任何当下的情绪反应都会立刻成为过眼云烟，船过水无痕。

另外一个重点，是我担任照顾者时已是六十八岁的老人，年事已高，体力有限是不敌的事实。

我渐渐体认到，照顾病人最困难的部分不仅是照顾，还包括陪他一起生病。因为即便我再读多少文献资料，也不能了解他的心智蜕变，体认他的痛苦经历，更无法想象他的无助、感受他的挫折与无力。而照顾他所带来的悲伤忧愁、焦虑挫折、压力困境及无辙无策，也让我渐渐陷入身体劳乏、精神萎靡、慌张失措、踌躇难进的情况，最终感到有心无力，不得不做出放弃在家照顾的选择。

将伏波送进长期照护机构后，患有轻度忧郁的我，终究仍能理性地正向思考，知道亡羊补牢，犹未为晚的关键性，进而采取关心自己独老的行动。我了解虽然无论我做了什么决定、采取什么措施，都不再能逆转提早来到的独老，但我终究必须试着走出孤单，开始没有伴侣的生活。

第一步是把我的角色，从全时照顾者转换成与机构共同照顾的支援者，随时准备接应伏波的突发状况，在送急诊或住医院时提供必要的配合。

第二步是修复自己的身心健康。我很庆幸，可以请托好友推荐非常专业又有爱心的医师为我诊治。在良医及药物的协助下，我在伏波进入长照机构半年后，即已恢复每晚安睡，不再失眠及腹泻，也走出轻度的忧郁症，补回暴瘦的体重。

除了女儿、手足及多年老友们的鼎力协助，我还有幸得到过往同僚、助理和学生的关注，在亲情、友情、同侪及师生的情谊中，顺利地恢复健康的生活。

不过最令我吃惊的是，即便不再能够进行研究工作，我也从未想过除了语音学研究，年过七十的我，人生还能有什么斜杠。

我只不过是在老友刘秀枝医师发表新书《终究一个人，何不先学快乐的独老》时，有幸担任致辞嘉宾，说了几句话后，竟接到宝瓶出版社的邀约，要我写一本贴身照顾失智亲人的书。2024年的农历年假期间，我完成了这本书的初稿，距离宝瓶出版社向我邀稿还不到四个月。这个结果着实令我大吃一惊！

其实对我个人而言，写这本书完完全全就是人生中一场莫名的机缘，让我能够伴随着痛彻心扉的锥心伤悲与溃堤泛滥的不绝泪水，用文字记录下照顾生病丈夫的经历与心路。

众人所谓的疗愈，仍不能减缓我作为亲人的伤痛。不过，很幸运的是在撰写这本书的过程中，我与远在海外的女儿岚岚分享了初稿及文中的每一个环节，让她得以在背后参与并支持我撰写这本书。

作为新手作者，我希望这本书至少写出了一些些每天照顾家中病人的心情起伏；分享了一丝丝照顾失智家人的无言心声；描绘了一点点长照机构团体照顾中的不懈努力及专业付出。

作为银发亲人，我希望这本书至少也表达了我对所有照顾失智病患的医师和护理人员、社工与咨询师，以及长照机构工作人员，满满的珍惜与感谢。

2024 年 2 月

目录
Contents

【序】原来我写的是许多人心中的那本书　　　　　　　　1

【繁体版序】记得有人爱着你　　　　　　　　　　　　9

再也无言　　　　　　　　　　　　　　　　　　001
没有文献、书籍告诉我,怎样照顾一个心智渐失、不发一语的亲人。
不再言语的伏波,关上了心灵的窗户。

电话：忧心如焚的序曲　　　　　　　　　　　　011
上班时间,伏波每天夺命连环叩般地拨打我的手机,
我开始忧虑,他的记忆是不是有老化以外的问题……

咖啡　　　　　　　　　　　　　　　　　　　　019
原本每天煮咖啡的伏波,渐渐地,连怎么喝咖啡也不记得了……
到底他心中还剩下些什么？

洗澡，好吗？　　　　　　　　　　　　　　　　029
大部分时间,照顾病人的家人是无助的,
我一再面临的是束手无策、焦虑不安,几乎时时忧心如焚。

厨房失守　　　　　　　　　　041

明知伏波是病人，无法控制行为，但我仍然觉得底线被踩到了。
我不断地对自己说："我不能生气，我不能生气。"

浴室之乱　　　　　　　　　　049

我不能跟伏波理论、不能期待他会改变，只能每次善后、
每天善后，善后善后善后……善后了，再准备面对下一次善后。

失眠　　　　　　　　　　　　061

我在地铺上一睡就是一年多，日夜的恶性循环下，
陷入困倦时不敢睡、该睡时睡不着的窘境。

旅行　　　　　　　　　　　　069

伏波安坐在我身旁，握着我的手，身体放松，微笑着注视着窗外。
我松了口气……至少这时候的他是享受的。

今天的日子要怎么熬呢？　　　079

所有努力换来的都是空洞、呆滞的目光和摇头拒绝，
伏波只是一语不发地坐在一边，他的挫折也成了我的挫折。

就散个步   **089**

照顾失智的家人，于他，是对我做一场漫长的告别，
于我，是陪伴他走最后那一条黑暗的长路，只能且战且走地摸索前进。

一次也没有走失过   **099**

为了避免伏波走失，我决定绝不让他独自一人待着，
哪怕一刻。我放弃了隐私，失去了自己的生活，付出了巨大的代价。

吃药   **109**

渐渐地，吃药的困难度加大了，犹如打仗，
作战计划成了我每天的功课。

门诊   **117**

伏波不再理解为什么要等候，不再理解为什么等候是如此漫长。
他坐立难安且焦躁不已，不断地要求离开："走吧！回家！"

送入机构的前夕   **125**

七十二岁的我，一方面非常不想、更不舍把先生送走，
一方面则终于必须面对"我还可以承担多久在家照顾"的现实……

好久不见：无尽的思念 　　　　　137
女儿说："我们只要继续爱爸爸，一直爱他就好。
他心里一定知道我们爱他，只是说不出来罢了。"

入院 　　　　　147
伏波心智状态很低，不能理解语言，也无法用口语表达。
我深知，我与医疗团队、护理人员及陪病看护的配合是关键。

走出忧郁 　　　　　159
逃避了这么久，终究还是得接受和面对，
我决定不再拖延，做个听话、合作的病人。

后援 　　　　　169
我何不找好几位好友组成一个"后援小组"，
一旦有紧急状况出现，共同分担我的重任？

无人签字 　　　　　177
"你的家属呢？过来在手术同意书上签名。"
"可是我没有家属可以来签名。我先生失智了，我女儿在美国。"

谁来照顾？　　　　　　　　　　185
老人照顾老人，能坚持多久？
失智症病患的照顾，是否以在家里最佳？

不给你添麻烦　　　　　　　　　197
我不愿成为孩子的负担，不要求孩子回报，
只盼她能独立自主，自由自在地追求人生。

夕阳人生的自己　　　　　　　　209
以往肩负的责任终于多已卸下，今后的我，
无牵无挂地回归自己。

【特别收录】女儿岚岚的内心话　　　　　215
【跋】《你忘了全世界，但我记得你》的学术价值　　221

再也无言

没有文献、书籍告诉我,
怎样照顾一个心智渐失、不发一语的亲人。
不再言语的伏波,关上了心灵的窗户。

怎么也没有想到，有一天伏波会听不懂我说的话，也不再开口说话。我们从无话不谈的伴侣变成无法交谈的夫妻。

我与伏波1978年在美结婚，四十多年来感情很好，无话不谈。我们的相遇及成婚是当时留学生之间很平常的模式：大家都是单枪匹马到海外求学奋斗的青年男女，靠着有限的奖学金用功读书，勤俭度日，没有来自家乡的经济支持，也没有返乡探亲的余钱。在异乡，如果遇到从中国台湾来的，个性相投、谈得来的异性，很自然地就从谈恋爱到互许终身，结成伴侣后相依为命。

我们在恋爱时便已无话不谈，婚后，更养成了每日回家后，互相报告一天大事的习惯，交谈和讨论是我们家庭生活非常重要的一部分。

伏波比较内向，总是言简意赅，职场上从不巧言令色，私下里也从不甜言蜜语，唯独回到家里身心放松时，对我或女儿岚岚会打开话匣子畅所欲言。岚岚从开始上学到步入社会，也一样，会和我们分享求学、就业的点点滴滴。我们三人分享各自读过的书、经历的事，课业上遇到的困难、职场上遇到的瓶颈，克服了困境的欢喜、有选择便有放弃的无奈……我们知道每个人经历的大事、小事和心情，熟悉每个人面对的乐事、难事和同侪。

一家三口无话不谈的基础，建立在回家后就可以完全放松，说话、交谈就可以肆无忌惮。

我们回家后除了畅所欲言，也是彼此的听众。三人的共同兴趣其实并不多，但两两的热烈讨论却是常事，此时，在场的第三人就是最忠实的听众。

尤其是在岚岚的成长过程中，她喜爱的读物成为我们谈话内容的主要来源。例如她小时候喜欢布赖恩·雅克创作的儿童奇幻小说《红城王国》系列，会声情并茂地为我们朗诵。年岁渐长后，她和伏波的阅读兴趣比较相似，一样喜欢武侠、奇幻和科幻小说，他们会巨细靡遗地一起讨论金庸的《射雕英雄传》和《天龙八部》，一起用英文读托尔金的《魔戒》和罗琳的《哈利·波特》系列。

此外,他们父女俩还会讨论物理(如光速及黑洞)、数学(如指数及离散),我的程度只有简单的概率概念和统计应用,当然就只能是听众;而在讨论人文、风土、文化时,发言权就很自然地归我。

岚岚长大,离家求学后,每逢周六、周日,必打电话回家详述一周的大小事,后来渐渐地变成我们母女长谈,伏波在一旁满面笑容地聆听。

我们夫妇虽然空巢,却并不感到寂寞,两人的生活简单,反而多了相伴的时间。岚岚知道我们夫妇的共同兴趣不多,专长又有数理与社会科学之别,她便建议我俩每晚睡前一起追剧一小时;我出差时,伏波尽量同行。如此一来,确实为我们提供了聊天、讨论的内容。

观剧的类型,像是描写帝王将相的历史古装剧或描写日本幕府时代的大河剧。一方面我们对其历史背景都有兴趣了解,网络上随手可得的信息也极多,我便随时查证、补充背景资料;另一方面,中外的宫斗都免不了有父子反目、兄弟阋墙、钩心斗角的情节。伏波长我六岁,担任学术行政工作的经验非常丰富,人在江湖,谁又能避免因招忌而被坑、被唬，甚至被同僚从背后捅一刀的惨痛历练。我们这两个做事认真、个性淡泊，不擅也不愿算计的人，各自有了这类经验，事过境迁、一笑置之之余，再一起观看历史宫斗剧时，更能身临其境地脱口而出"要是我早知道……""我怎么也没想到……"这类的体会，一起莞尔。也因此，我俩总能有谈不完的话和说不完的笑话。

1995年，我们搬到汐止山居时，伏波便在后院搭了花房，养了千盆的蝴蝶兰。2010年他届龄退休后，开始了教科书般的健康生活，每日除了莳花、阅读，还举重、散步。

莳花是他多年的兴趣，阅读则是专攻英文。他先让我列出大学读英文系时修习小说、戏剧课程的读物，把萧伯纳、王尔德、康德、劳伦斯全部读了一遍；又买了许多英文科幻小说，继续每日阅读不辍。

伏波和我也爱旅行。我们到世界各地旅行，参观不同的景观、博物馆、剧院，体验不同的风土人情与饮食，这些都为我们提供了新的体验、新的领会和新的话题。我俩也都爱在行前旅后随着兴趣做功课，他在退休后更加努力。最有趣的例子是2012年，我们去了土耳其，2013年，我们去了印度，从此，这两个历史悠久并具文化特色的古国成了伏波的最爱，也开启了他阅读相关历史、宗教的兴趣。

此外，他每天必上网读新闻或搜寻些信息，也做数独（Sudoku）游戏，百战百胜。

2013年间，他开始出现失智症的症状。我明显地感觉到，他一方面拒绝面对罹患心智疾病的可能，另一方面非常努力地维持正常生活。而我也默默地开始阅读失智症的种种资料，并将餐食调整为地中海饮食。

但即便如此，也没能阻挡阿尔茨海默病的来袭。2014年后，症状越来越明显，短程记忆开始衰减，经常忘东忘西；一向逻辑清晰的他，写的字越来越凌乱，说话也越来越简短。原本他方向感绝佳，认路、找路一流，定向感也开始变差，时常走错方向，开车回家也过门不入。

2015年5月，我们把他单身的失智兄长送进了长照机构，次年应机构的要求，由我担任他兄长的监护人。那时我尚未退休，全职工作，还有两个失智的亲人要照顾与安排。我在心理上当然做了要照顾伏波的准备，却因他不能再照顾兄长而必须接手。我的焦虑，大约从那个时候就开始了。

我认为伏波早该借助药物延缓心智的退化，但他拒绝面对，以致我努力了很久，直到 2016 年，才终于说动他去向熟识多年的医师老友求诊就医。各项生理、心智的检查结果，证实他的确是患了初期的阿尔茨海默病，他终于开始定期就医，服用药物。

医师问他每日做些什么活动，他回答"看书"，医师就说："请你太太给你准备一本笔记本，你每天把读过的内容，用一句话简述出来。"但这件事，他一次也不肯做。量血压、服药，也必须由我执行。

从 2017 年起，伏波的症状日益明显。原本每日早餐后，他会去书房把计算机打开，但渐渐地，他坐在计算机前的时间越来越少……终于变成再也不进入书房，也不再打开计算机了。原本经常手持一卷，但渐渐地，英文科幻小说、中文武侠小说都不再能引起他的注意。

这一年，除了症状更加明显，他也开始事事依赖我，在我工作时，不停地打电话，想知道我为什么不在家、什么时候才能回家。我也在 2018 年年底退休，开始全职照顾伏波。

2021 年新冠肺炎疫情严重、不能出门期间，伏波的病况加剧。他除了不再阅读、上网、做数独游戏，也不再用手机，语言沟通也有了明显的转变。他先是变得越来越少主动说话，说的话日益简短，话语的内容也越来越贫乏，更逐渐地从有问必答变成只做选择性的回答。

因为在家感到无聊，他喜欢出门。疫情三级警戒期间，因不能出门，他的病况恶化及退化急速了许多。疫情稍缓后，我尽量让他出门散步。如果我对他说："今天天气很好，我们出去走走好不好？"他一般会说："好！"但如果我继续问他："你想去哪里？"那么他多半已不再回答，最多只会说："你走前面！"到最后，变成不再回应。

如果早饭后，我提醒不再记得盥洗的他说："来，我们刷牙、刮胡子。"他的回答则从"好"渐渐变成"我刷过了"。到后来变成不回答也不行动，最终不发一语，再也没有对谈。也就是说与此同时，他在生活上越来越无法自理，需要的协助也与日俱增。

原本我以为，曾有照顾婆婆失智的经验，照顾伏波应该较为容易。但后来发现，过去主要负责照顾婆婆的是伏波，我虽然在那期间协助照顾，采买衣物和食物，做菜及送饭，安排送婆婆进照顾机构，接到电话时先叫救护车，然后再从实验室夺门而出，但我终究只是配合，只需不怕辛苦，勤快、机灵地配合跑腿。有伏波顶着，做什么选择或决定是轮不到我的。

等到伏波也开始失智，即使我再怎么做心理准备，却总感到计划赶不上变化。

直到退休的前一刻，一方面我收拾实验室、造清册准备交出，另一方面，却因为工作研究的成果源源不断，我仍专心投入，在心情上无法想象一夕之间从实验室回归家庭，成为照顾另一个老人的老人，必须面对的窘境与困难。

尤有甚者，身为语音学专家，我对口语韵律现象有自己的见解、有量化的证据，却不记得有任何文献强调或提醒在照顾病患时，语言沟通有多么重要。没有文献、书籍告诉我，怎样照顾一个心智渐失、不发一语的亲人。不再能交谈后，沟通只剩下每日最基本的吃喝拉撒盥洗就寝的询问与回答，回答则从一两个字的简答变成用肢体语言表达，肯定与否定从点头、摇头、摇手变成用手推开，拒绝从别过脸去、轻轻推开变成用力地推走……

当代语言学大师乔姆斯基（N. Chomsky）曾说过，语言是通往人类心灵的那扇窗户。不再言语的伏波就此关上了他心灵的窗户,离人群越来越远。我和女儿再也无从得知他的内心世界,在面对他或思念他时,只感受到无尽的孤寂。

电话：忧心如焚的序曲

上班时间，
伏波每天夺命连环叩般地拨打我的手机，
我开始忧虑，他的记忆是不是有老化以外的问题……

我正在开会，手机又震动了，开会时我是从不接听手机的。此时我任所长已近六年，业务也早已驾轻就熟，私心窃喜终于即将走下这个职位，再也不必去台湾地区立法机构备询听训，可以回归我最爱的研究工作。这年我六十七岁，因为已是特聘研究员，可以工作到七十岁，我也已开始规划未来的三年要解出哪些题目，让我专治了二十余年的口语韵律研究，有一个完整的说法。

电话来时，我正主持两个月一次的所务会议，身为主席，又有重要议题，绝对不容分神。一来在报告事项里，我要向研究同仁详细说明，我们送出的下年度经费概算经台湾地区立法机构审查后，哪些项目遭到删减，我们需如何因应以便研究工作能顺利进行。二来在接下来的讨论事项中，我们要讨论向我们申请研究人员工作的相关资料，根据送给院内、外专家审查收回的审查报告，然后投票决定是否进用。这两项可是学术行政工作中非常重要的业务，会议过程中，需要全体与会同仁全神贯注，而身为主席的我，当然不会理会震动的手机。

可是手机震动半天终于停止后，又再度开始震动，且如是一再重复。

我开始不安，因为在上班时间找所长的电话，多半都会直接打到所长室，所长不在也必有人接听处理。直接打手机的，只剩下家人或朋友有急事联络。此时，公婆、父亲皆已离世，家人的急事，只可能是高龄老母急诊入院。我还有两位妹妹，原本也都是职业妇女，但小妹已早早退出全职工作，能干麻利、行动力又极强，母亲有事，总是她第一个行动，一个人就能虎虎生风地在医院将母亲安顿好，再通知两个全职工作的姐姐；就算我没接电话，也会先留话，断不会一打再打。若是伏波失智的兄长有事或急诊，伏波也会先去处理。

打电话的会是谁呢？

我瞄了一眼手机，是伏波。发生了什么事呢？

概算删减报告终于结束了,在进入讨论事项前,我宣布休息十分钟,然后离开会议室,回拨电话给伏波。

接通后,我不免有些气急败坏地问他:"喂!找我有什么事?"

"你在哪里?在干吗?"

"什么?我在上班,在开会啊!"

"喔!没事,就是问问你在干吗。"

"What?好吧!那我回去开会了。"

下班回到家,进门后,我质问他,没事为什么在上班时间不停地打电话给我。他笑眯眯地说:"你那么忙,我哪有给你打电话。你记错了。"

"什么?还否认?那我以后如果在忙,就不回你的电话。"

我得尽快开始准备晚饭,没空继续没有意义的谈话,于是假装生气地撂下不回电话的威胁,就此作罢。

可是自此以后,来自伏波的电话开始越来越多,我从不耐烦变成担心,不忍心不回,尽量回拨。而他的回答,从"你在哪里,你在干吗"渐渐变成"你在哪里,什么时候回来"。

因为婆婆在过世前，失智了七八年，伏波的兄长也已失智了好些年，不再能独立生活，由我们夫妇千辛万苦地送进照顾机构。我心底开始忧虑并害怕，伏波的记忆是不是也会有老化以外的问题。

电话之所以是让我焦虑又忧虑的开端，当然是有原因的。

我们夫妇自美返回台湾地区，开始工作后，在职场上各有执掌；上班时间，各自专心工作，几乎不通电话。

1988年公公罹癌后的那两年，伏波在大学任教并兼任系主任，工作忙碌，虽然兄弟姊妹共四人，有兄长、有弟妹，但他一肩扛起照顾公公的任务。他总是说："我不介意一个人照顾我的父母。"

当时，长伏波一岁的兄长尚在台湾交通大学任教，无论在台北的父母有任何需要，他总是一句"我在新竹"，从不见踪影。小伏波三岁的妹妹旅居美国，比新竹远多了，公公罹癌时，只回来探望了一次；婆婆失智后，小姑每年秋季返台探亲两周，其他时间只是跨海询问病情。在兄长失智后，小姑和他有过争执，从此对长兄不闻不问。与我同年的小叔是第一批跨海的台商，早在1990年前后就远走上海创业，从我们的家族生活中完全消失。

我俩当时还年轻，糊里糊涂地也就处理了。

子女四人中唯一在台北的伏波，终日在南港的家、城南的大学与天母的荣总间奔波。那时，自用汽车才刚开始普遍，台北市的捷运（地铁）系统尚未动工，我除了研究工作、承担照顾女儿及所有的家务，还需支援公公住院化疗的生活需要，如准备了衣物或做了公公想吃的菜，从南港跋涉送到天母荣总的病房去。我们的女儿岚岚还没上小学，不能独自留在家中，好在邻居们都乐意伸出援手，让我奔波时，暂时寄放孩子。

那时我还不到四十岁，尚未升任研究员（同教授），工作压力非常大。很幸运的是，岚岚很听话且作息正常，不曾添乱。我每晚虽倦极睡去，醒来觉得又是好汉一条。虽经常疲惫，尚未游刃有余，但毕竟年轻，终究可以应付。

生活忙碌，手机尚未问世，夫妻间的沟通无碍，电话只是一个通信配备。

伏波的行政工作从那时起延续了十五年，他从系主任、院长、教务长，一直做到代理校长，经历了许多大风大浪。上班时间，我知道他忙，不愿他分心，有事总是打电话给他的秘书留话。即便秘书说："师母，他现在没有访客。"或者说："师母，他现在没在开会。"我也总是说："不麻烦了，请你转告他即可，我也得上班。"

2010年年初，伏波退休在家，每周四去新竹探望失智的兄长，生活规律，更是极少在上班时间打来电话。

但不知从何时开始，他越来越频繁地在我的工作时间打电话来，终于让我有了警觉。回电给他也越来越少接听，这更加深了我的忧虑：没接电话时，他在家吗？还是到哪里去了呢？在做什么呢？为什么打了电话，又不接听回电呢？

下班回家后，我问他为什么打那么多通电话给我，却不回我的回电。他还是笑眯眯地说："你搞错了吧？你那么忙，又要写论文，我哪有打电话给你？"

我何曾料到，不久以后，伏波的心智开始退化，短程记忆不再；我下班回家准备晚饭时，打开电饭锅，发现他自己中午放进去加热的食物已经凉透。他定向感的流失也开始明显，出门时瞻前顾后，完全不知要朝哪个方向行走。开车行驶在高速公路上，会一直问我怎么走；到家时，过家门而不入。

我已不能再把他留在家中，安心地出门去工作，于是在一年后提早退休,离开了我熟悉又热爱的研究工作,一夕之间成为全职的照顾者。

　　如今回顾,伏波每天夺命连环叩般地拨打我的手机,只不过是一个开始。没过几年,他已不识手机为何物。
　　始于电话的担忧,竟是我一步步忧心如焚,踏入悲伤、焦虑又束手无策的开端。

咖啡

原本每天煮咖啡的伏波,
渐渐地,连怎么喝咖啡也不记得了……
到底他心中还剩下些什么?

我领了伏波的药,走出沁凉的药房,炽热的阳光立刻劈头盖脸地从我的头顶洒下。我眯起双眼,但觉盛夏黄昏的日晒,竟仍是如此的威力十足,让人无所逃遁,只能加快脚步,希望早早回到家里。

回家的路程并不太长,但到家时,我已再度汗出如浆,热不可当。打开家门时,我正打算深深地吸一口清凉的空气,不料扑面而来的却是一阵阵伴着浓郁咖啡香的燠热闷气。原来我出门时,伏波又找到遥控器,把冷气关了。原来他又在煮咖啡。

我站在小小的玄关,向客厅望去——只见餐桌上、矮几上、收音机上,无处不是一杯又一杯的咖啡。

走到狭小的厨房门前,只见伏波满头满脸的都是大汗,正弯着上身,全神贯注地操作着咖啡机,根本不知道我已回家。我没打扰他,蹑手蹑脚地先把遥控器找到,确认设定为二十八摄氏度后,把冷气打开;再轻手轻脚地把冷气遥控器藏进我的皮包里,不让他再找到。

为了避免伏波阻止我倒掉那些咖啡,我再次小心翼翼,绝不发出一点声响地把一杯杯咖啡倒入浴室的洗面盆,打开水龙头冲掉咖啡的痕迹,最后才把空杯收到厨房的碗槽里冲洗。

伏波从眼角看到我进厨房,转过头来,对着我咧开嘴笑了,眼里满满的都是开心。

我走过去,轻轻地拉起他的手,试图把他从厨房带离。他指着咖啡机,说:"咖啡、咖啡。"我一边答应着:"好!好!"一边轻轻、慢慢地把他带离咖啡机,走回客厅,让他在懒人椅坐下。

胸前背后的T恤都已湿透的他,还没坐稳就四下张望着找冷气遥控器,又打算要关掉冷气。我连连地对他说:"没开!冷气没开!"他终于放弃,斜躺着休息。

不知从什么时候开始,每天早餐、午后各一杯咖啡的日子结束了,家里经常出现到处都摆满咖啡的画面。除了客厅和餐厅,就连书房的书桌上、书架空隙、档案柜上、卧室的梳妆台上、五斗柜上，都放着一杯杯的咖啡。

伏波只记得煮咖啡，但从不记得煮了几杯；他原本只喜欢喝热咖啡，如今却也不记得喝了，只是任由一杯杯的晾在那里散尽香气。

他不喜欢我提醒他煮得不是时候，也不喜欢我提醒他趁热享用，更不喜欢看见我把煮好的咖啡倒掉，只记得站在咖啡机前，犹豫地对着操作面板一下又一下地按着按钮，成功时，高兴地看着咖啡从机器中流出，一杯又一杯地煮个不停。我担心他万一喝了那么多咖啡会影响睡眠，只能轻轻地拿到浴室去倒掉。

到后来不管我说什么、怎么哄劝，他都不肯离开咖啡机，煮出来一杯就端着找个地方放下，回到厨房，继续再煮下一杯。

为了每天早上享受一杯咖啡，我们从来只吃西式早餐。伏波退休以来，每天早餐前煮两杯咖啡成了他喜欢做的事。

我在厨房历练了几十年，哪里需要他动手来煮那区区两杯咖啡？煮鸡蛋、打蔬果汁、烤面包、煮咖啡，所有的程序早已在脑中安排就绪，滚瓜烂熟，一旦动手就一步步地无缝衔接，等到计时器响起提醒我鸡蛋已煮好时，其他的食物也都已准备完毕，在餐桌上各就各位，静待我们享用。

但一向远庖厨的伏波退休以后，竟然对每天早上那杯香浓的咖啡产生了兴趣，我岂能扫他的兴？看着他不但上网研读资料，也喜欢约在我们散步时找间咖啡店进去，顺便品尝不同的咖啡，还买了不少设备和各式咖啡豆，我当然尽量鼓励，把煮咖啡的任务让给他了。逢家中有客来访，那更是他面带笑容露一手的快乐时刻。喝了几十年的咖啡后，煮杯咖啡竟成了他的兴趣，我还以为他下一步要开始尝试下厨。

他开始煮咖啡时，我尚未退休，我们变得更加享受早餐时光，只要我稍微早起一点，咖啡慢一点上桌也不是问题。不久，伏波不但已能熟练地操作意式咖啡机，也能够打出浓密的奶泡。每天早上，我们喜欢先喝一大口咖啡，然后吃完所有的食物，再缓缓啜饮那杯浮着绵密奶泡的拿铁。随着从收音机里流出的古典音乐，晴天时，欣赏阳台上洒满金色耀眼阳光的盆栽；雨天时，望着窗外绵绵的细雨。

我退休后，增加了午后也喝杯咖啡的时光。我总是准备器具，好让伏波能好整以暇地拿着细嘴壶，全神贯注地向着咖啡滤杯缓缓地绕圈注水。为了奖励他制作咖啡有功，我也总是在午后拿出少量的甜点，配合他那点小小的爱好。

没想到伏波的动作越来越慢，煮早餐两杯咖啡的时间变得越来越长。我先是眼睁睁地看着面前烤得金黄香酥的面包渐渐凉透，嚼起来有如橡皮；后来是我早已吃完面前的鸡蛋、蔬果汁和谷片，却还是等不来那杯期待已久的咖啡。

出游时，我向医师老友抱怨，说我每天早上总要忍受等待咖啡的漫长时光，还不能对伏波发火。她却回说："你该高兴他现在还知道煮咖啡，还可以煮咖啡。"

当时我心中一惊，原来有一天，他会忘记怎么煮咖啡。

随着伏波日益健忘，动作益发迟缓，他变得只记得煮咖啡，却记不得煮了几杯；煮出咖啡后到处散放，却不记得喝了没有；从早餐煮两杯咖啡，变成不计晨昏，想起来就进厨房去煮咖啡。

下午在家准备好器具，让他制作手冲咖啡，他变得经常用右手拿着装有热水的手冲壶，茫然地看着前方，不再记得向哪里注水、如何注水。好言提醒并演示给他看，他经常仍是双眼无神，一脸茫然，就算冲完热水后，也不再记得饮用。主治的老友医师也提醒我，让他手持滚水太危险，于是我只好放弃这项午后活动。

最后，他就连喝咖啡的习惯也渐渐改变，从趁热细细品尝，变成需要一次又一次地提醒，终于听明白后，他举杯一饮而尽。

渐渐地，吃完早餐后提醒他喝咖啡，他也不再理会，没有反应了。有一天早餐时，我如常指着杯子提醒他："咖啡怎么还没喝？"他什么也没说，只是拿起杯子，径自把咖啡倒在餐桌上，流了一桌一地。他连怎么喝咖啡也不记得了。

伏波进入长照机构后，家里只剩下我一个，吃饭从此也只有一人，夫妻两人对坐着喝咖啡的时光已成往事。此时的伏波已不太能开口表达，从未抱怨过什么，想必也对家里的饭菜不再有记忆。

团体伙食自有营养师精心搭配，每日变换着不同颜色的蔬果和鸡、鱼、虾、肉，加上各式米粉或面条、汤，看起来色彩缤纷，十分可口。不过早餐当然是稀饭、豆浆、鸡蛋，配馒头、包子。我心疼伏波再也没有喜欢的西式早餐可食，却不愿给工作人员增加麻烦，不曾出声。

有一天我去探望时，照服人员问我伏波是不是爱喝咖啡、喜欢西式饮食，因为他明明已吃过午饭，但工作人员们给同事庆生，叫了比萨进来，见他眼睛发亮，于是分了一片给他，他竟高兴得大口吃完。还有工作人员在休息时冲了咖啡，他闻到咖啡香味竟然笑了。

我听了以后放在心里，隔周探望时，准备了大罐的即溶咖啡送进去，交代工作人员是给所有人享用的。工作人员很有分寸，告诉我只会每天给他一点点，避免咖啡因引起亢奋。没有想到不过数周后，她们告诉我，伏波对咖啡不再有反应，给他也不喝了。

我明明知道伏波的记忆不但已所剩无多，而且日后也只会不可逆转地继续崩坏，但只要想到，我仍会落泪。

到底他心中还剩下些什么？

我除了陪他生完这场人生最后、最残酷的疾病，还可以为他做些什么？

洗澡,好吗?

大部分时间,
照顾病人的家人是无助的,
我一再面临的是束手无策、焦虑不安,
几乎时时忧心如焚。

时间已近午夜,主卧的浴室里,一阵阵淋浴的水声仍未停止。伏波是九点钟就去洗澡的,算算他已洗了三小时。

南港的天气潮湿,伏波始终很用心地设法维持浴室的干爽。他总是在我之后去淋浴,洗完澡后,好整以暇地把淋浴间的墙面、玻璃隔间门和地砖,全部擦拭得滴水不见。

但最近,他睡前去淋浴的时间越来越长,淋浴的水声停了又起、停了又起。

主卧里是两张单人床,我躺在我的床上已超过三小时,听着水声,怎么也不能入睡。我终于爬下床来,走向浴室,但门已反锁。

医师早已交代,他在浴室时,为避免意外,不能锁门,但被他悍然拒绝。我只得用一个准备好的一块钱硬币,轻轻把喇叭锁打开。

"你干什么?"一阵扑面而来的热气中,传来他没好气的呵斥。

"你洗了好久了,该洗好了吧?"

他更加不耐烦地说:"你出去、你出去。我洗澡,你进来干什么?我洗好了就会出来。"

"可是你已经洗了三小时,早该睡了!"

"乱讲,你出去。我洗好了自然就出来。"

无论冬、夏,他都用很热的水洗澡;只要我开冷气,他就拿起遥控器立刻关掉。浴室里早已因为他的热水淋浴而变得温度很高,他总是汗流浃背地走出浴室,在卧室里继续用浴巾不断擦汗。

夏夜里,他越擦越热,怎么也不能停止流汗,于是转身一边往浴室走,一边说:"天气好热,我全身黏答答的,我去洗个澡再上床。"我想阻止,当然是徒劳,于是他又再度开始不知第几回合的淋浴擦拭、淋浴擦拭,怎么劝说也不听从。

伏波的皮肤越来越干,小腿开始有脱皮和湿疹的现象。然而要帮他在浴后涂一层乳液，简直像打仗，他一面两手推掉，一面不停地说："这是什么东西？我不需要，我不需要。"

有一天，伏波突然不洗澡了！

我看着没洗澡就准备上床的他，口气尽量和缓地说："洗个澡再睡觉好吗？"

他不耐烦地回答："我洗过了。"便径自上床。

一天、两天过去，我和用人都开始发愁：不肯洗澡，也不换衣服，这又如何是好？于是我们改变方式，把浴缸注满水，再牵着他的手把他领到浴室。

看着浴缸里的水，他问我："这是干什么？"

我回答："天气冷了，泡个澡舒服。"

他很勉强地说："好吧！"然后轻推着我往外走，"那你出去。"

我只好离开浴室，听着他又把门锁上。

我和用人像小偷一样靠在浴室门上，侧耳倾听。过了好一会儿，终于传来他上厕所的声音、冲马桶的声音；又过了好久，终于听到他踏入浴缸，缓缓坐到水里去的声音，两人都松了一口气。我看了一下手表，准备十分钟后，再劝他从浴缸里起身。

晚饭后，实在没有精力开始这样一场不知何时休止的奋战，于是我在下午四点过后去往浴缸里放热水，希望在六点吃晚饭前可以完成任务。初时，伏波怎么也不肯在天光还亮时去洗澡，但随着冬日的到来，暮色来得越来越早，他就不那么在意了。

可是会洗澡不表示他也会洗头，这时，我只能把水瓢藏在身后，走向浴缸，在他没来得及反应前，弯腰快速地舀一瓢水，从他的头上淋下。坐在浴缸中的他不断地闪躲，而我就得不顾一切地往他的头上抹洗发精、揉搓头发和头皮，再冲洗干净。因为伏波不停地抗拒，大功告成时，我总不免前身尽湿，有时连头发也被波及。

定期到医院复诊时，我把洗澡已成浩大工程一事告诉医师，她说因为伏波是老人，而且冬日又较少出汗，洗澡两天一次即可。这指示有如天降的福音，洗澡大战变成一日奋战、一日休兵。每逢不洗澡的日子，用人和我都觉得日子好过太多，到了下午就会心照不宣地说："今天不必洗澡。"

可惜好景不长，没过多久，伏波再也不肯脱衣后走进浴缸，而是径自伸手拔起浴缸的塞子，让一缸温水就此流走。而且，当他好不容易愿意洗澡时，也不一定愿意洗头。若是一连五天没洗澡，那当然也没有洗头。一天、两天、三天、四天，到了第五天，我看着他开始黏在一起的短发，坐立难安。

不洗澡，好歹得试着让他换条内裤。我总是比他早起，可以把他入睡前脱下的衣服换成干净的，并按照穿衣顺序依次摆好，所以除了内衣，其他衣物都是每日更换的。可是怎么把内裤从他身上扒下来呢？

我和用人无计可施，只能在听到他起床的声音时，冲进卧室，由我面对他并抓住他的双手，用人在他身后站好位置，然后极尽可能地一把拉下他的内裤，再蹲下去把内裤从他的双脚间拉出来。下一步是必须把干净的内裤给他套上身，这一步相对容易些，因为此时的伏波对于身体赤裸仍然有感，比较愿意配合穿上。

有时，好不容易完成洗澡、洗头的大任时，全身舒畅的伏波总会露出很舒服的表情，有时甚至会面带笑容地说："好舒服！"只可惜，此时他已无法把沐浴后的舒适感留存在记忆中，每次洗澡仍是艰巨无比。

我一点办法也没有,只能每天下午在浴缸里放好水,期待伏波会福至心灵,脱衣沐浴。好心的邻居得知后,说何不试试去乌来洗一次温泉,如果伏波可以接受,就买下季票,每隔几天去一趟。

谁知到了温泉的单间,伏波已然忘记了洗温泉这回事,不能理解为什么眼前明明是冒着热气的大浴池,却要先在外面淋浴,将身体、头发洗净?他又开始坚决不肯脱下衣服。

我灵机一动,说我手扭到了,脱不下衣服,需要他帮忙。他二话不说,立刻行动,开始替我脱衣;我趁他为我脱衣,也开始脱下他的衣物。奋战了好久,才终于把他冲洗干净,领到大浴池里,完成了洗澡之大任。

温泉之行返家后,我觉得没有把握独自开车带着伏波,开上一段曲折的山路去乌来,怕他半途会有什么状况,于是改变策略,到了下午四点,我就对他说:"我闪了腰,不能洗澡了,你帮我洗好吗?"他一听是我开口要帮忙,立刻起身说:"好!"

太好了,原来只要我请他帮忙,就能启动他的行动!

到了浴室,我要他帮我把衣服脱下来,并且也要他脱衣。他问我:"为什么?"我说:"因为你也会被溅湿啊!"

一旦他开始帮我冲洗、打肥皂，我就轻轻地把莲蓬头拿到自己手里，然后把他淋湿到最大范围，将洗发精抹到他的头发上，开始清洗。每一步都经过规划，务必在最短的时间内完成任务。

第一次"帮我洗澡"成功后，我就告诉年轻的用人，以后只要是先生洗澡，我都得一起去淋浴，才能顺利地让他洗个澡。淋浴时，我要她守在浴室门口备战，准备随时进入淋浴间加入战局，协助我完成这项艰难的任务。因此，她会见着我们夫妇的裸体样貌，不要不好意思。

"帮我洗澡"维持了相当一段时间，就在我以为洗澡的问题也许解决了的时候，伏波又不愿意配合了，再度开始不动如山。

对于我的请求，他开始说："你自己去洗就好。""你去就好。"如果我好不容易把他哄骗到浴室，他也不再上当，站得远远的，全身戒备。

无计可施后，我再次联合用人，用各种方式把伏波推到莲蓬头出水可及之处，将穿着衣服的他淋湿。这时他会大声抗拒："干什么？干什么？"双手推搡的力道也越来越大。我意识到，一旦他失去理智、使用蛮力时，用人和我加起来也极度吃力。但衣物已尽湿的他，此时是很不舒服的，必须更衣。我和用人只能竭尽全身之力不让他离开淋浴间，抱着能洗多少就洗多少的精神，打仗一般地替他清洗。

想必有好几次真正触怒了他，只见他握起拳头朝我的方向挥过来，我一边闪躲，一边警告用人小心。最终他的拳头没有落下，但他愤怒的眼神和停在半空中的拳头，却让我留下了深刻的记忆。我告诉用人，我俩要有心理准备，他可能会对我们动手，到那一刻就只能尽量闪躲。

伏波进入照顾机构之初，依旧抗拒洗澡，每次洗澡都需要出动四五个大汉，才能抵挡住他亢奋时全力的抗拒，时间长达半年。试问：如果在家由老弱妇孺照顾，又当如何招架？

事后我才琢磨，"洗澡"这样一件理所当然的个人卫生小事所经过的种种，反映的正是他短程记忆的流失及认知能力的衰减。

每晚淋浴三小时以上都不知停止，是因为他已无法记住洗澡洗了多久、洗了几次。随后的不洗澡，是因为忘了几十年的淋浴习惯，不知如何开始、如何进行。看到浴缸里放好的水，一开始会记得脱衣坐进去，坐在热水里还记得如何洗浴；到后来看到浴缸里有水，只记得把水放掉，不再记得与洗浴有关的事。帮我洗澡，是因为我需要协助。最后连帮我也不愿意了，可能是因为连帮我做什么，他也听不懂、记不住了。

对于逐日的记不得、记不住、听不懂、不知如何是好，他该有多么沮丧！他也有自尊，总是拉不下脸来，不肯不耻下问。

可是身为家人和照顾者的我，一再面临的是束手无策、焦虑不安，几乎时时忧心如焚。

这段时间，我加入了台湾失智症协会，去参加过好几次为失智症家属举办的活动。在那些场合，我遇到了不少和我一样身为照顾者的家人，且全为女性，听她们分享照顾的艰辛。洗澡是很多家人都遇到的问题，但照顾没有葵花宝典，秘籍不存，只能各显神通。几次后，我因为提不起精神，放弃参加失智症协会的分享活动。

亲友们出于好心，常会提出他们认为简单又立即可行的建议方案："哎呀！你怎么不这么做呢？"其实，一个解决方案可能只在一个家庭管用、一段时间管用。一开始，我还会回答说早已试过，但是行不通；到后来，我已全无心力多做解释，只恨自己多言，礼貌地笑笑便赶紧逃离，也尽量只回答"他很好"。

大部分时间，照顾病人的家人是无助的。家人也会生病，只不过是隐而不发、隐而未发罢了。

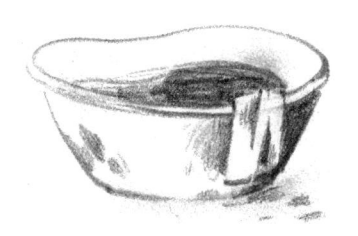

厨房失守

明知伏波是病人，无法控制行为，
但我仍然觉得底线被踩到了。
我不断地对自己说："我不能生气，我不能生气。"

每晚哄劝伏波服下睡前的药物，把他送上床后，我和用人都立刻各自睡下，不敢再有动静。家中除了走廊和浴室的夜灯亮着，只剩黑暗。但用人和我在黑暗中也不敢睡去，而是睁大双眼，屏息以待，因为不知什么时候，伏波就会起身，一路走进厨房，开灯，然后就会从厨房传来杯盘轻轻碰撞的声音。我等了又等，不知过去了多久，杯盘轻轻相撞的声音仍不停歇，想着在家里属于我的疆土又再次失守，我从书房的地铺上爬起来，走进厨房。

这时映入眼帘的，是各式杯盘和锅碗瓢盆杂乱地散放一室；而伏波则踩在厨房用的椅凳上，毫无章法地把杯盘往橱柜里重新摆放。

我开始好声好气地劝他回房间睡觉，他回答说："你先去睡吧！我这里有事，我做完了就去睡。"我只好回书房,继续听着玻璃、瓷器互相碰撞的声音。

如此重复几个回合后,我已忍无可忍,在心里对自己说:"他是病人,我得忍让。但我是人,也有情绪,我也有权偶尔发个小脾气发泄一下。"

于是我起身走回厨房,不再好声好气地对伏波说:"这是我的厨房!你又不做厨房的事,为什么要乱动这些杯盘?"他也生气了:"这也是我的家,怎么说是你的厨房,我就不能动呢?""可是我放碗盘都有固定的位置。你这样一移动,明天早上准备早饭时,要用什么都找不到了!"

这个剧目也就这样每晚重复上演,到深夜仍不停歇。我每到晚上就担心又紧张,不知又到何时才能躺下入睡。

每天早上起床,厨房里又再度响起玻璃杯和瓷器轻轻相撞之声,这回是轮到我和用人再度把杯盘碗碟归回原位的声音。

伏波到底是怎么了?说也不听,劝也不行,到底要怎样才能让他停止呢?

厨房向来是我的专属之地。共同生活的四十多年里,伏波来到厨房,无非是烧热水泡茶或是煮咖啡。我不在家时，他会用电锅、微波炉加热午餐或是煮几个水饺；我在家时，他进厨房只是为了找我说话。

他对烹饪毫无兴趣，对付生的食材除了丢到水里煮熟，不愿尝试任何其他方式。我屡屡怀疑他年轻时留学美国的那些年，和大部分留学生一样靠微薄的奖学金度日，经济能力不允许三餐都外食的那些岁月，吃饭问题是如何解决的？

而我则从小就喜欢在厨房里打转。我是老大，自幼就被母亲吆喝着在厨房打杂，但丝毫不以为意，耳濡目染各种厨事、杂活长大。赴美读学位时，一旦穿上围裙、手持菜刀，立刻摆出磨刀霍霍的架势，包饺子、红烧肉，蒸、炒、煎、煮，还学西式烘焙，样样手到擒来。

从我二十四岁出国读书到六十八岁退休的四十四年里，无论工作多忙，准备三餐从不假他人之手。厨房一直是我从事学术研究以外，结合数学和化学的另一个实验室，也因此我自有一套管理厨房的方法，那就是每件东西都有固定的位置，用毕洗净就立刻归回原位。而且杯子、碗盘一定用热水洗净，干透了才归位，锅具、炉灶、料理台也比照处理。所以我的厨房永远干爽明亮，油渍、油味无所遁形，杯盘、厨具永远有序。未曾料到，我独自一人打理多年的厨房，竟每晚都会遭到洗劫！

明知伏波是病人，无法控制行为，但我仍然觉得被侵犯，觉得不被尊重，觉得底线被踩到了。

退休照顾伏波以来，我在他面前总是笑脸相迎，好言相劝，设法不表现出我情绪的波动。轻声细语一点也不难，因为我们夫妻向来彼此尊重，有事商议，几乎不曾恶言相向，没必要抬高声音说话。

伏波比我内向，有事会憋在心里，脸上会显阴霾；而我和女儿岚岚则会把意见表达出来，寻求解决之道后便云消雾散。伏波很少对我闹脾气或生闷气，但岚岚偶尔与爸爸意见不合时，伏波总是闷不吭声的那个人。这时岚岚就会来告诉我："Sulking again!"（又生闷气了！）我们母女总是摇头偷笑，不予理会，让他自己消化。

我从未料到有一天在我自己的家中，伏波会每夜每夜到厨房里，踩着椅凳，不休止地搬动一切他看得见、碰得到的东西；而属于我的厨房，每晚都失守沦陷，不再有序。

时间长了，我的隐忍也渐渐消失殆尽，变得只要听到玻璃杯盘轻轻碰撞的声音，就觉得有一股火气冲向脑门。我需要一再克制自己，不能和生病的他一般见识，而是不断地对自己说："我不能生气，我不能生气。"

长期照顾伏波的疲累，加上每晚都提心吊胆，睡眠不足，我的失眠问题更严重了。厨房事件不是我失眠的开始，但我确定的是，每晚听着从厨房里传来的声音，我变得日益心烦气躁。我曾一再试图入睡，早上起来再收拾残局；可是我躺在地铺上辗转反侧，入睡也变得越来越不易。即便最后伏波终于在我的劝说或发怒下回到卧室躺下，渐渐地发出鼾声，我却变得越来越难以入眠。

我每夜与自己论战：我当然可以生气，但不要太当真；我当然可以发泄一下情绪，但不能太频繁；我当然可以对他发一点脾气，但不必真的动气；我可以对他大声，但不能太久……于是我每夜在"我可以如何、不可以如何"中，渐渐进退失据。

因为不再能与伏波讲理，我才真正体会到什么是不可理喻的无奈。不是他听不进、讲不通，而是他已渐渐失去接收信息的能力，只对短句有反应了。

只要我一连串说上几个句子："你怎么又把厨房弄乱

了？你又把碗盘的次序搞得一塌糊涂，这样我什么也找不到，明天早上到厨房就得先收拾，什么时候才能吃上早饭？……"他已无法理解，为什么我会对着他喋喋不休地抱怨；他也不再能用言语告诉我，为什么他要移动摆放得好好的东西。他只会用茫然的眼神看着我，一脸不解地说："你为什么生气？"

啊！原来他听不懂我说的话了。讲什么都没有意义了，再也不能交流了，我不能跟他谈话了，我不知道他想什么、为什么，他也不能告诉我任何事。我躺在地铺上，束手无策，泪流满面。

而我更不知道的是，厨房失守，只不过是日子更艰难的开始罢了。

浴室之乱

我不能跟伏波理论、不能期待他会改变,
只能每次善后、每天善后,
善后善后善后……善后了,
再准备面对下一次善后。

伏波继每夜占领厨房,又发现了新的目标,继续"攻城略地"——他锁定时间最久的物件是清洁用纸,而新锁定的地点则是两间浴室。

多年来,伏波一直对于随身是否携带足够的面纸,有一种近乎偏执的关注。在我的记忆中,出门前,他总要确认随身是否携带了面纸或纸巾。

他确认的方式是在外套和长裤、短裤的口袋里放进不少面纸。除了小包装成袋的纸巾,还会从面纸盒中一张一张地抽出面纸,再一张一张地折叠整齐,摆成一叠,利落地塞进口袋里。因此我总要记得在把衣物送进洗衣机前,检查口袋中成叠的面纸是否都已被取出,避免衣衫到处沾满细碎纸渣,必须费力清除。

渐渐地，他开始在每一个口袋里、在他出门会随身携带的侧背包中放面纸，而且越放越多，衣袋、裤袋无不因为塞满了面纸而鼓得变形，侧背包里的每一个夹层也都塞满了面纸。

然后他开始把一切伸手可取的纸张，都塞进衣袋、裤袋和侧背包里——从面纸、纸巾扩充到餐巾、厨房纸巾和浴室里的卫生纸。饭桌上摆放着的餐巾，外出喝咖啡、用餐时提供的餐巾，无论是干净的还是用过的，都被他折叠整齐地收到衣袋、裤袋和包包里。厨房里的擦拭纸巾、浴室里的面纸、卫生纸开始快速地消失。

衣袋、裤袋和侧背包都已鼓胀不堪，再也无处可塞了，于是他开始把各式擦拭用纸收进书桌的每一个抽屉里，和档案柜里档案夹之间的每一个空隙。不但如此，他问我要了档案柜的钥匙，很慎重地把档案柜锁上，再很慎重地把钥匙穿到钥匙包上，和大门钥匙、车钥匙并列。他也开始随时随地带着侧背包，连上厕所也不例外；睡觉前也一定把侧背包放在枕头旁边，紧紧看守。

我和用人有了默契，他洗澡时，我们会去他的小书房，轻轻地打开书桌的每一个抽屉，把抽屉后方的纸张清掉，拿走用过的面纸、餐巾纸和卫生纸，再在抽屉前半留下一定分量的纸巾。

夜晚，我从浅眠变成失眠，为了确定他是熟睡的，我先蹑手蹑脚地上完厕所，盖上马桶盖，洗好手，再把浴室门打开冲马桶。如果他没有任何动静，我就蹑手蹑脚地走到他的床边，取得他的侧背包，只留下纸巾，以免去医院就诊时，伸不进手，也拿不到健保卡、身份证和交通卡。

接着，家里的两间浴室也相继沦陷。

首先是主卧的浴室，像厨房一样，触目所及可以移动的物件都移动了位置。我晨起盥洗，发现牙刷、漱口杯、肥皂、面巾和擦手毛巾全都不在原位，我的个人用品如化妆水、乳液、防晒霜等也都不知去向。

完全没料到有一天，只有我一个人用的东西会伸手取不到、到处找不着。我一方面很诧异自己竟会气得嘴唇打战，全身发抖；另一方面了解到，继厨房之后，我的另一条底线又被踩到！

我实在不喜欢到了厨房、进了浴室，什么东西都离开了原来的位置，不管要用什么都得翻找好一阵子的日子，我真的觉得自己又被侵犯了。但我只能站在镜前，对自己说："深呼吸、深呼吸，不要激动，不要激动。他生病了，他不是故意的,他不能控制自己了。你要镇静,要镇静。"

可是我的眼泪却不听使唤地一泻而下。原来我在家的个人专属空间和隐私一点都没有了。除了放弃自己的生活,我还得放弃自己的生活秩序和仅剩的一点点隐私。主卧里有我的梳妆台;五斗柜和床头柜的抽屉里,有我分门别类的内衣、袜子,这些东西没有其他空间可以摆放。如果移动了,我要怎么过日子呢?

下一步我是不是还得放弃我的小书房?我书桌上的文具、笔记本电脑、打印机、收音机,我书架上的书和档案夹,我的抽屉档案柜……工作三十六年,办公桌除了我,从来没人动过——难道我在家连一张书桌也不能保有了吗?不行!我开始锁上我小书房的门,过起在自己的家里重复锁门、开门的日子。

浴室失守的经验再一次让我知道,我不能跟伏波理论、不能期待他会改变,只能善后。每次善后、每天善后、善后善后善后……善后了,再准备面对下一次善后。

因为我很少流泪,走进浴室来找我的伏波见到我流泪,大吃一惊,问我怎么了。我明知说了也没用,还是哽咽地问他:"你为什么要动我的东西?"

他不以为然地回答:"什么你的东西?"

我指着那些瓶罐，他开始不耐烦："你搞错了，那些是别人的东西，随便乱摆在这里的。"

我在心里叹气，知道再回复什么也没有用，而且我也不能锁上浴室的门。

他的下一个目标是毛巾。

主卧的浴室里，放着我们夫妇盥洗、擦手用的毛巾，式样相同，用颜色区分。女性色系如粉红、粉紫、樱桃红、深紫色是我的，男性色系如浅蓝、深蓝、浅灰、深灰色则是伏波的，在浴室里各就各位，相安无事了多年。南港潮湿，除了隔日更换毛巾，我也在浴室里放了一台除湿机，保持浴室和毛巾的干爽。

不知从什么时候开始，毛巾不再各就各位；而且不管我什么时候洗脸、擦手，我的毛巾都很潮湿，这表示除了我以外，有别人用过了。

我试着问伏波哪一条毛巾是他的，他很不屑地说："什么你的我的，全部都是我的。"

我吃了一惊。他很少用这种口气说话，也从来不曾如此霸道，只是很爱面子，拉不下脸时，要给他找个台阶下。我明知不可为而为之地说："你看，粉紫色的是我的，深蓝色的才是你的。"他不理会，径自走出浴室。

我实在不喜欢在家里共享毛巾，更何况又是湿透了的毛巾，只能勤换。但怎么换得完呢？我俩每一次进浴室，就各给一条干的毛巾来用吗？一天要好多条，换不过来了。

不用说，接下来连大浴巾也不能幸免。毛巾之乱，好似我的心腹大患。

不知从何时开始，伏波也忘了我们夫妇用主卧的浴室，用人、访客用另一间较小浴室的习惯，他开始随意使用两间浴室，从此家中挂着的毛巾当然无一幸免，包括厨房里的擦手巾，擦碗盘的大、小毛巾。这还不是最严重的，他也开始如厕时忘了关门，我赶紧交代年轻的用人不要介意。

有一天，用人告诉我，她经过小浴室时，看见伏波拿着她的面巾擦拭下体，想必是已经忘记上完厕所要取卫生纸擦拭。当然，那条毛巾立刻进了垃圾筒，但此时我和用人都为难了，因为勤换毛巾已不能解决问题，但总不能把用过的毛巾都丢掉。若改用擦拭纸巾，又助长伏波不断抽取、塞到各处的习惯……怎么过日子呢？

随后白天时，伏波留在浴室里的时间越来越长，我和用人担心不已,终于又到了忍无可忍的地步。

这一天,伏波在小浴室里待了很久,我和用人决定一探究竟。

她拿了一个一块钱的硬币,悄悄地插入小浴室门上的喇叭锁,轻轻转动后,浴室门顺手而开。我们看见伏波坐在浴室的瓷砖地上,洗手台下置物柜的两扇门都被打开到最大——地上除了到处是一段一段被扯下来的卫生纸,还散落着原本收放在置物柜的备用牙刷、牙膏、肥皂、小包面纸、湿纸巾、急救箱、肌肉止痛的喷雾剂、贴布、油膏……这些还都不算,最让我们惊讶的是到处都是挤出来的牙膏,而且伏波正拿着新拆封的牙膏,还在继续挤。地上杂乱的东西里,还有几条新开封就已经挤扁了的牙膏,横七竖八地被丢下。

我得设法让伏波自愿离开浴室。我蹲下身,好声好气地对伏波说:"来,我们去吃点心。"他不动如山。

我继续说:"来,我们去喝咖啡。"没有反应。

"我们去看电视。"他抬起头来,挥着手要我走,"我这里很忙。"

在我试过一切想到的借口都不成功后,只能被迫使出撒手锏:"我们去散步。"他这才抬起头,说:"好,走。"

但散步也有隐忧，有可能出去了带不回家，或走到家门口时，他忘了已经散过步，又掉头就走，说要去散步……

后来，不出我所料，没有任何方案可以劝说伏波改变心意，最后经常是他疲倦不堪，靠着墙壁或马桶打起瞌睡。我不敢轻举妄动，怕惊醒了他，希望可以收拾一下；他醒来时看不见一地凌乱，可能就会忘记。但冬日的瓷砖地是冰凉的，我又怕他受凉感冒……日子就这样，一天一天地过着。

每遇到新的状况，用人都会用询问的眼神看着我，而我永远是那个必须拿出解决方法的人。

"深呼吸，想办法；深呼吸，想办法；转移注意力，转移注意力。"

每逢新状况，我在心里对自己说这几句话的次数越来越频繁，求助网络也查不到资料，我只能靠自己找出解决方案。如果今天终于有幸"宾果"找到的方法，明天不一定还见效。

我们的日子变得随时有突发状况，随时要想出解决方案。我感到束手无策，状况层出不穷且日益增多，我越来越觉得无助又焦虑，越来越提不起精神，只能过一天是一天。

每晚上床后，我试着不去想明天会是平淡、顺利的一天，还是状况频出的一天。

夜晚，我虽闭上眼睛却还是醒着的时间越来越长。迷糊中，全身突然发热、肚子绞痛，必须立刻坐上马桶应对腹泻的情况，一夜也高达六七次。

肠躁症的药物对我不再有效，白天我只觉得头痛欲裂，晚上则辗转不能成眠。到后来，我的精神越来越差，时刻都觉得疲惫不堪，两眉之间和双眼都刺痛不已。我发现自己总是不自觉地举手按住眉心，揉来揉去，再也提不起精神做什么事了。

我每天对自己说："不能生病，绝不能生病。"却浑然不知，我也开始生病了，而且越来越严重。

失眠

我在地铺上一睡就是一年多,
日夜的恶性循环下,
陷入困倦时不敢睡、该睡时睡不着的窘境。

天亮了,我又是一夜未眠!一整夜我都是睡睡醒醒,对窗外的声响、门外的动静了如指掌。我的肠躁症已成习惯性,每夜要起来去厕所六七次;再加上我总是侧耳倾听伏波的动静,随时准备跳起来去处理突发状况。

一夜一夜就这样过去了,而我竟已不知一觉睡到天明的滋味。

我原来不是这样的啊!我一向都是好睡型的人,从来不识失眠为何物。年轻时一旦关灯上床,头放到枕头上立刻就可以睡着;读研究生时,熬夜读书更是如此,没浪费过一分钟睡眠时间。

这好睡的习惯在我与伏波结婚初期,不知被他取笑了多少次,他说,看起来瘦弱的女孩子,竟然一点也不秀气，灯一黑就呼呼大睡，害得他想聊聊也无法继续。

进入学术界工作以来，不敢稍有懈怠，白天用脑，回家还要手脑兼用地育儿、下厨、清洗、打扫，每晚上床时，早已疲惫不堪，更是瞬间入睡，哪来的时间蹉跎？也亏得我向来一觉睡到天明，才得以保持体力，在工作与家务间顺利游走。

结束工作，全职照顾伏波以后，我变得虽然非常困倦地躺在床上，却总是无法入睡。

首先是晚上九点左右，伏波睡前去淋浴，一进浴室就是三小时。我在床上辗转反侧，听着浴室里哗哗的水声，怎样也无法入睡；直到忍无可忍，终究按捺不住，起身去劝他上床睡觉。

经过一番哄劝、争辩和拉扯，等我终于把他拉回卧室，往往已经过了一两个小时。待两人都躺到床上时，至少已是半夜两点钟。他开始打呼，而累极的我却不再能入睡，辗转睁眼到天明。

这样折腾到半夜两点，两人都躺下，把灯也关了的日子并没有持续多久。还未等到我入睡，他就起身开灯，毫无倦意地到厨房开始搬动杯盘。我听着杯盘轻轻碰撞的声响，丝毫没有停止之意，又不知他下一步要干什么，如何能安心入梦？只能起身去厨房，再次从哄劝开始，直到两人都动了脾气。

随着病情的发展，他夜间醒来时已不再能辨别时间，不看床边的闹钟，动作也不再轻巧，而是"啪"的一声突然把灯打开，然后开始摇我，要我醒来。被摇醒的我用双手遮眼避开刺目的灯光，不愿起身。伏波一边摇我，一边说："不早了，起来了，我们去散步！"大半夜的散什么步？于是又开始一场解释和争辩，费尽唇舌，才能把他劝回床上。

时间一久，我夜夜睡眠不足，白天呵欠连连。我心想：如果伏波只是淋浴不停或搬动碗盘，只要他不走出家门，就由他去吧。

我决定从主卧搬离，到我的小书房打地铺；并交代用人也打地铺，横着靠在大门前睡。这样一来，就算伏波要出门，也必须从她身上跨过，应该没那么容易。

我刚搬离我们的卧室时，伏波并没有询问我为什么，而是没看到我就算了。

在情感上，我不免有些伤心，同房了四十多年，他都不记得了吗？两张单人床空了一张，他没觉得奇怪吗？但如果这样我们两人都能安睡，他不问我、也不找我，也可以算是一种相安无事吧？

但这样的相安无事并不能让我安睡。我怕他会半夜一个人出门去，总是提心吊胆地注意着他的动静。如果我听见的是他起床去浴室的脚步声，立刻全身戒备地静候马桶冲水的声音；如果我听见的是搬动碗盘的声音，也会一直等候到他搬累了停下来，确定他是要回房睡觉，而不是要出门。一旦他试着跨过贴门而睡的用人，想打开大门，用人就会起身开灯并呼唤我。

日子一天天过去，伏波不再淋浴三小时，也不再去厨房搬动碗盘，而是半夜便起床穿戴整齐，侧背着他的背包、戴好帽子，到我的书房打开灯；而看见我睡地铺，他一点也不诧异，只是蹲下来摇我起床，要我一起去散步。

我只好像在卧房时一样，把窗帘拉开些，指着窗外的黑夜，哄劝他打消出门的意愿。这种时刻，横睡在大门前的用人当然也会醒来，我交代她不要起来，也不要有动静，让我试着把伏波带回床上。

这样过了几天，我想每夜如此实在不是办法。于是跟用人商量对策，尝试各自回房后，我且锁上书房门，试试看伏波如果打不开门，会不会就放弃而回卧房睡觉。

锁门睡觉后，半夜里，伏波会在书房门口试着开门好一段时间。躺在地铺上的我听着他一再转动门把却打不开的声音，大气都不敢喘一声，却难过得眼泪直流，因为我知道怎么也讲不通了，只希望他知难而退，累了会回床上睡觉。

怎么也打不开书房门后，伏波有时会回卧房去，有时则走到厨房，开灯、开门，到后阳台巡视一番。大概是看到深沉的夜色里一片寂静，他又走回室内，关灯，然后回到卧室，和衣而卧到天明。

侧耳倾听的我，对他的每一个动作都听得一清二楚，自然没有办法入眠；就算睡着了，只要风声大些、雨声响些，也总是不时地惊醒。我真切地体会了什么叫作风声鹤唳，草木皆兵。

我在地铺上一睡就是一年多。除了长期的睡眠不足，每晚从地上爬起来好多次，我的腰板也越发疼痛难当。

一位好友听说后，特地打电话来相劝："我们都有年纪了，长久睡地铺爬起睡下不是办法。把你原来睡的那张单人床搬进书房吧。"

我说书房狭窄，放不下我那张加大的单人床。朋友说："那就买张小一点的单人床也行。睡眠太重要了，无论如何要买一张好的床垫，千万不要再睡地铺了。"

听到这样发自肺腑的相劝，我十分感动，立刻找师傅量了尺寸，订制了一张单人床，靠墙放在我的小书房里，至少结束了打地铺的日子。

至此，我从夜夜惊醒多次到已经夜夜不能成眠。每晚只是眼睁睁地看着窗帘缝隙中一片漆黑的漫漫长夜，不知过了多久，终于泛白变成晨曦。

白天，我但觉全身到处都痛：头痛欲裂，全身酸痛，双眉间及双眼也感到刺痛。站也不是，坐也不行，什么姿势都不觉得舒适。不用看镜子也知道，自己一定是面色灰暗，愁眉深锁，双眉间刻着深深的川字纹，目光疲惫且弯腰驼背。

好不容易熬过了上午，午饭后，我更是困得睁不开眼，却无论如何不敢尝试午睡。一来我生怕睡死了，万一伏波有什么动静，用人处理不了而我反应不及；二来我从年轻时就不喜午睡，生怕一旦午后睡了，晚上就更睡不着了。

如此白天、夜晚的恶性循环下，我陷入困倦时不敢睡、该睡时睡不着的窘境。

什么时候一夜好眠变成奢望了？多么怀念那些躺下去就入睡的岁月！多么盼望能有个一觉酣睡到天明的夜晚，天明时能够缓缓地醒来，伸个懒腰，神清气爽地睁开双眼，迎接新的一天！

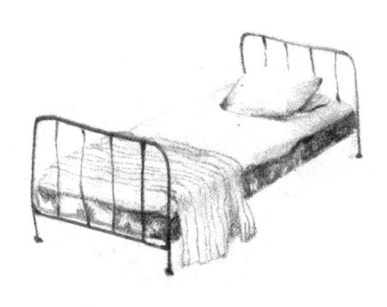

旅行

伏波安坐在我身旁,
握着我的手,
身体放松,
微笑着注视着窗外。
我松了口气……至少这时候的他是享受的。

当我与伏波准时在七点半前抵达台铁的南港车站时，同行的友人谁也没看出来貌似一派轻松的我俩，其实差一点就赶不上集合时间！

我们家距离南港车站只有数百米，散步前往也只需十分钟，无论几点钟集合，我们都应该是最轻松的两个人。但此时的伏波已是有时清楚、有时不太清楚的状态，为了让他起床，吃了早饭、服完药物后才出门，我必须给出门前的准备预留足够的时间。

我四点半就轻手轻脚地起床，梳洗、收拾好自己，再准备好早餐，随后回到卧室，开始摇醒他。平时他大约七点半会自然醒来，五点多就被唤醒，自是睡意仍浓。他很勉强地睁开双眼，狐疑地望了我一眼，转过头，再度闭上眼睛。我开始作战，不断地轻摇并轻声提醒他："今天我们要出门去旅行。"旅行向来是他的最爱，往日如果听到"旅行"二字，他必然立刻醒来，一跃而起，但此时的他怎么样也听不明白，醒不过来。

被我骚扰了一会儿后，他开始不悦，推开我的手，继续合上双眼。时间一分一秒地过去，还好他忽然醒来，终于明白了，慢慢地自己坐起身来。

下一步是盥洗。刷牙、洗脸、剃须都需要手把手地完成。手把手对我不是问题，他不明白、不肯执行才是困难。

好不容易完成这些平常人不当一回事的小事，下一步是着装，我提前一晚，便将他要穿的衣服依序一件一件地摆放在另一张床上。可是这时的他已不太记得穿衣的顺序，对于套头衫的正反面和要从头上套下去的穿法也不太确定。穿好了上衣，当然还要把裤子摆好，先后抬起他的两只脚，再协助他把裤子提到腰间。

不过，以上步骤都必须在他同意的情况下才能顺利完成。而过程中，他经常会有意见，坚持用自己的方式，所以一定不能放他自己穿，要确定衣裤都没有穿错，否则一旦穿上了，无论我如何解释，也是绝对扒不下来的。也因为如此，上衣一定得是扣子少的套头衫或圆领运动衫，裤子也都得是松紧带裤腰，不需要皮带。

好不容易穿着妥当，我早已是汗流浃背，热不可当。

终于可以进入早餐时刻。到了餐桌前，我让他坐下，正打算如常地先量血压，但见他端详着摆好的早餐好一会儿，不肯开吃，而是站起身来，坚持要先去煮咖啡。我心想这还得了！他若又慢条斯理地煮了一杯又一杯不愿停止，那得煮到何年何月？我赶紧对他说："今天没有时间喝咖啡，我们吃点东西，吃完药后出门，等一下上了车再喝咖啡。"

其实，如果实在行不通，我们当然可以不吃早饭就出门，把早餐和饭后药都移到车上再处理。可是此时还不到七点，早餐店多未开张，更何况买到早餐后也得上车安顿，等候开车，又不知到什么时候，早饭后的药才能下肚。

于是我暗暗对自己说："努力，我努力！"

好不容易，终于给他量了血压，也勉强让他吃了些优格谷片和水果，及时吞下维生素和药品，随后漱了口，才换好鞋，走出家门。

旅程尚未开始，我已是衣衫尽湿，精疲力竭。

好在一旦出门，我只需拉着行李箱，并确定伏波紧跟在后。

一旦登上飞机或坐上火车后，我总是大大地呼出一口气，因为这时安坐在我身旁的他不会走失。无论是什么交通工具，只要他握着我的手，专心地注视着窗外，飞逝的风景也好，密密的云层也行，只要他身体放松、面带微笑，甚至开始打盹，我就知道至少他在乘坐交通工具时是享受的。

火车发动后，我也跟着松了一口气。看着坐在身旁的他，我无法确定他是否仍记得出门旅行是他的最爱。至少对于随行的我来说，照顾他出门已是负担。

随着伏波的病情下滑，心智渐离，旅游中的每个环节都变得越发艰难。

例如行李，想起来就让我心酸！以往出门，他总是早早收拾好行李，也会帮着照看我的行李。曾几何时，他不但不知道自己的证件摆放在哪里，随身的背包也不再记得，唯一记得的是紧紧地跟在我身后。

他也不再收拾行李，全部由我一人包办。于是我们随行的行李箱越来越小，到后来连去意大利十三天，也只是一人带一个小箱子登机。因为他不再记得入住旅馆需要带着行李箱，进入房间后要打开行李箱、取出衣物用品，退房前，需要收拾衣物、将用品放回行李箱，我经常得一手拉一个行李箱，还要不住地回头，确认他没有走失。

到最后，为了便于整理，无论去哪里，不管去多久，我都把两个人的行李精简到只用一个登机箱，避免节外生枝。

除了亦步亦趋，时时戒备，每天换旅馆也变得越来越艰难。对健康的人而言，旅馆房间莫不大同小异，但照顾伏波后，我发现不能如此理所当然。

每个房间的方向不同，摆放书桌、床铺的位置也不一样，这对伏波来说是困难的，因为每天进入的房间对他都是陌生的。每当打开房门，他总是迟疑地站在门口，不知所措，不愿入内。

这还不打紧，住旅馆最大的难关是浴室！因为每间浴室的配置不尽相同，洗面区、淋浴间、浴缸、马桶都在不一样的地方——其中，又以淋浴最是困难。因为莲蓬头的式样繁多，冷热水的调节也时有差异。尤有甚者，除了肥皂较易一眼认出，其他如装着洗发精、润发乳和沐浴乳的小瓶罐，经常是一模一样。所以伏波进入浴室后，经常久久没有动静，只是无助地站着。

到后来，我总是一马当先地去浴室，准备一把牙刷和牙膏，一起摆放在洗面盆旁；撕开梳子的包装袋，取出梳子，放在另一边。然后我用最快的速度搞清楚莲蓬头的冷热水控制，飞快地洗头、洗澡，最后拿走所有的小瓶，只留下一瓶沐浴乳在伸手可及处，以便伏波可以一瓶到底，无须选择。

没想到后来他连淋浴也记不得了，又不愿我帮忙，于是我洗完自己的战斗澡，立刻在浴缸内放好热水，让他走进浴室一看就明白，径自走去盆浴。

这些让我泪目的回忆，是从什么时候开始的？又经过了哪些变化呢？

伏波热爱旅行，除了去祖国大陆总是有人接待或是随团出行，可以做甩手掌柜，去其他地区时，他总会事先上网查看许多资料，甚至编辑并打印了带在身上，随时参考。他也总是事先查好当地的交通信息，规划旅游的景点。

从 2010 年他退休开始,我出差时,他都同行,再加上我们另外安排的休闲旅行,我们一同去过日本、韩国、意大利、法国、印度,都是由他规划一切。可是到了 2014 年,我们再度去日本时,他不但不再规划,而且开始搞不清楚身在何处了。随后几年去泰国、新加坡时,他变得更加需要照顾。2016 年,我们去匈牙利时,他完全搞不清方向,还坚持要带路。2017 年,我们先后去了瑞典和巴厘岛,那个在前面领路的伏波已不知去向,他变得困坐旅馆,等着我来带他出门;离开旅馆时,也只是无言地跟在我身后。

此后,他的话越来越少,遇见不同的各国老友,也不再主动打招呼了。

2018 年年末,我退休了,不再出差,但会带着他参加各种国内外的旅游,希望他仍能尽量享受旅游的快乐。

全球新冠肺炎疫情暴发后,有段时间我们只能在岛内旅游。2020 年夏初,我们在风声鹤唳的疫情中,参加了从南港出发的这趟火车之旅,旅途中的种种困境让我心力交瘁。我对同行的名医老友说:"我带不动了,这可能是最后一趟。"

这趟惊险的旅行结束之时,也正是台湾地区的疫情暴发前夕。我们疲惫地返家，开始了困坐家中的日子，伏波最爱的旅游，也从此划下了句点。

如今，我每想到出门旅游不能再与伏波携手，都不免伤心，甚至泛泪。

不过，无论这些年、这么多趟出门的美好回忆，是否还有一丝一缕存在伏波被疾病侵蚀而败坏的记忆中，我只希望他已享受了旅游之趣，心中平静，脑中也没有遗憾。

今天的日子要怎么熬呢？

所有努力换来的都是空洞、呆滞的目光和摇头拒绝，
伏波只是一语不发地坐在一边，
他的挫折也成了我的挫折。

退休前，我们夫妇都是全职的专业人员，工作需要高度专注，自然而然就养成相当宅的个性。不过伏波从年轻时起，业余爱好就比我多，动的方面如爬山、跑步、举重，静的方面如园艺、阅读和看电影，一路走来是动静兼顾地步入老年。

在伏波失智前，我从未担心过他退休后要怎么过日子，更没想过有一天度日真的有如度年，时间得一分一秒地熬过去。

伏波退休后，如我预期地把时间分配在莳花、阅读、爬山与散步之间，相当悠游地过日子。我因公婆皆逝，独生女也已成年自立，虽然依旧过着有如陀螺般的生活，但终于得以全心在工作上展开手脚。我们夫妻的共同生活，依旧是我每天七点左右下班，到家后立刻下厨，八点左右开饭、夫妻交谈共餐，餐后收拾停当，一同观剧一小时，然后一天结束。

随着伏波的失智日益严重，不知从何时起，他对什么事情都不再有兴趣，也不再能专注于任何活动，变得终日只是呆坐家中，茫然地注视着窗外。

于是我开始想方设法地找些活动，希望能提起他的兴趣，刺激并维持他的注意力。

一开始，我从他原有的爱好着手。但爬山、跑步皆非我所爱，也非我所长，随侍在侧太过辛苦；书报杂志也再无法让他凝聚目光。于是我积极地尝试和他一起做些手脑并用的活动，如做操、种植、拼图、折纸、涂色、包饺子等。

我还试过带他去社会局专为失智病患而开的社区课程，也试过所费不赀的私人课程，但所有努力换来的都是他空洞、呆滞的目光和摇头拒绝，只是一语不发地坐在一边。

这些令人万分挫折的经验再次让我体会到，无论文献中建议的活动如何有益身心，无论活动的设计如何专业与用心，一旦他的病情让他对外界的事务不再能提起兴趣，一旦他对送到面前的东西全部拒绝——一切的努力都是徒劳无功，再好的设计也是枉然。他的挫折也成了我的挫折。

这些活动中，以园艺植栽和拼图益智游戏最让我止不住伤心，因为这两样都曾经是伏波热爱多年的活动。

以莳花为例，伏波从高中时期就开始喜爱兰花。有三十二年的时间，我们住过两处有院子的房子：当我受配住到老旧的职务宿舍时，他丝毫不以为意，欣然搬入，只因为后院可以种花；十一年后，我们迁入汐止山居，他为那超过千盆的蝴蝶兰浇水、施肥，一盆盆地除虫，春日更是无比耐心，一盆盆地移出分株，再分别送入新的花盆中；到后来，连授粉也是拿枝毛笔就自己挥洒了。周末则风雨无阻地前往建国花市以花会友，认识了许多志同道合的花友后，甚至多次组团往返台南，去探访大片的兰园。

我从未想过有一天，任何园艺活动都不再能引起他的兴趣；阳台上的盆栽，搬到他面前也无法让他多看一眼！

他也一向喜爱挑战千片的拼图游戏，山水风景、世界名画都是最爱，与岚岚一起慢慢地拼出大件的作品，更是他最喜爱的亲子活动。在我的记忆中，一直有着父女二人埋首大书桌上，一边拼图、一边谈笑的画面；在岚岚的记忆中，也有放学回家立刻去查看爸爸又多拼了哪些部分的情景。

曾几何时，个性内敛又专注力强的他，连十片、二十片的幼儿拼图也不屑一顾了。

到后来，只有说："来！我们出去。"才能让他起身离开躺椅。

出门又能做点什么呢？爬山、跑步都因我无法配合，必须放弃，只剩下散步是每天的活动。但散步也并不能因为他的喜爱而日日顺利完成。

本来出了家门，走一段路就来到美丽的基隆河畔，是散步的好去处。可是还没去几次，伏波看着蜿蜒的基隆河就开始出现妄想，说要走到士林去照看他兄长的老公寓，因为公寓里有白蚁，于是一路前行，不肯回头；可是兄长并无房舍在士林，房内有白蚁自是无稽，我只能想尽办法哄他回家。

从此，我不敢再去基隆河畔，于是改变路线，反向走市民大道或忠孝东路，随着繁忙的车阵及废气散步。但这也并不能天天如愿,走着走着,他要不就是叫我先回家,他要去与女儿岚岚密会;要不就执意去爬山——但岚岚在美国,如何密会?附近无山,如何去爬?

于是出门就只能搭乘捷运,轮流去些短途的景点,如"国父纪念馆"、"中正纪念堂"、南港公园、大湖公园,甚至去猫空搭一趟缆车,或是去碧潭吃一顿午餐,或者干脆在南港车站前的公园喝咖啡,看行人来去。

我每天费尽脑汁地想些活动,直到有天听岚岚说:"爸爸已经无法记得昨天去了哪里,所以就算每天去同样的地方也无妨。"这句话一语点破我的盲点,于是我开始日复一日,重复相同的活动。

因为伏波是多年的影迷,另外一项能让他出门并维持一些专注力的活动是"看电影",于是看电影也成了固定的活动。

虽然文献中并不推荐电影、电视这些光影快速晃动的活动,可是伏波只要在电视上看到一再重播的《法柜奇兵》《魔宫传奇》《圣战奇兵》等印第安纳·琼斯系列的电影,就会眉开眼笑地观赏,所以我确定他还记得一些喜欢的事物。

我们很幸运地住在南港车站附近，步行即可抵达影城，影城每周五更换影片，于是我们每逢周五的下午就去看一场电影。这件事看似简单，做起来却也需费些心思，因为我的目的是希望伏波能多专注于一些连贯性的信息，所以每到周五上午，我就很认真地上网查询新片及选片。

我选片的原则是：影片不能太长，怕他坐不住；影片必须在晚饭前结束，以免耽误了吃饭、吃药和散步。惊悚片当然不行，动漫引不起他的注意，科幻片不能太离谱，搞笑片绝对让他坐不住，歌舞片对他是免谈，情节太复杂的怕他跟不上，剧情太悲伤的尽量避免，等等，总之太吵的、太闹的、太复杂的、太沉闷或太悲伤的都不行。如此一来，连选电影都没那么容易！

因此，我总是先上网找寻上映影片的相关信息，看完每部电影的预告片后，才终于选定一部。

伏波的记忆越来越衰退后，没到吃饭时间或刚吃过饭，就要吃饭；没到就寝时间，就要上床。到后来，为了维持他生活的秩序，避免三餐无序、日夜颠倒，必须想尽办法让他白日不昼寝、夜晚服了药才上床，真的都得步步为营。

我担心夜里自己睡着时,他会一个人出门去,于是每天用各种活动熬到六点吃晚饭、饭后服药,再熬到七点带他出去散步,八点回家。

晚饭后的散步已是一天的第二次散步,有时因为天气太热,怕他走得大汗淋漓,回家又不肯沐浴,只得坐在公园里无所事事,熬到快八点时才往家走。

但有时由于药物的缘故,时间还不到八点,他就已昏昏欲睡,这时他的步履也开始不稳,行走时会把整个人的重量倚在我身上,而我就得尽快地把他拖回家。好不容易到家后,他一屁股坐在第一眼看到的沙发或椅子上,闭上眼睛,怎么劝也不肯移动。

于是我和用人开始在出门前,便谋划好灯光和动线:出门前就先紧闭窗帘,只打开门灯和走廊灯,再把一杯水和睡前的药物,放在一进门的餐桌上伸手可及之处。待散步回家,进入门内,一人扶着他换鞋,另一人便把睡前药和水杯递到他嘴边;等他吞下药物,两人立刻牵着他,在一片漆黑中走向只有几盏顶灯的走廊。沿着走廊把他领到位于走廊尽头的卧室,脱衣、上床、关灯、关卧房门,然后全家再也不能有一点动静。

过日子变成了每天盘算、规划并时时调整作战计划，每日的目标则是如何殚精竭虑地把时间熬过去，直到将他送上床。这些每天度日的艰困，以及所耗费的心力与压力，真的是如人饮水冷暖自知，只有每天二十四小时贴身陪伴、照顾的亲人才会如此费心，才能有所体会。

在家照顾失智的亲人，几乎时时刻刻会遭逢新的状况及挑战。相形之下，周围亲友给出的好心建议多半是隔靴搔痒，真正承担照顾者所经历的困难才是最大的挑战！

我散个步

照顾失智的家人,
于他,是对我做一场漫长的告别,
于我,是陪伴他走最后那一条黑暗的长路,
只能且战且走地摸索前进。

手机响起,是用人来电,说已经散步了三个来回,但伏波不肯回家,只要回到社区门口,就立刻回头说:"走!我们去散步!"怎么样也不肯进入冷气开放的大厅。

时值盛夏,气温高达三十八摄氏度,加上高湿度,我和用人默契地怕伏波会中暑。我告诉她走到社区旁的小公园就称累,找树荫下的椅子坐下,我拿上准备好的饮用水立刻下楼去拦截,并想出转移他注意力的招数,劝他回家。

用人已经来了一年,每日照顾伏波的作息也有了固定的模式。每天下午出去散步是伏波喜欢的活动。

在伏波七十三岁那年,我们离开了位于汐止山中住了二十一年的独门独院大屋,断舍离了十分之九的家当,只留下一辆里程极低的老车，搬到南港有电梯和二十四小时管理，四周生活机能也便利的集合式住宅，开始极简的银发生活。

汐止山居那些年，伏波自豪于高中时是田径校队的一员，跑步、举重与散步都是他的日常运动，并且莳花为娱。搬到熟悉的南港时，他退休已八年，我因研究加上行政，工作更加忙碌，不知何时他已减少了跑步和举重的频次。而因为新居只有很小的前阳台，而且只能从窗户爬出去，我们两个老人不想冒险地爬出爬进，那一点空间也无法容纳那些养了多年的兰花，所以我们在搬家前清空了花房。

定居南港后，伏波的每日运动只剩下散步。但离开山居时，他已轻度失智一段时间，每天出门的时间和次数不定。我下班时，无论他在家与否，都不再能告诉我他散步几趟、去了哪里。

在用人抵达前，他散步已是我生活中最大的焦虑来源之一。用人来了以后，我的训练和交代全部以陪伴伏波的日常为主。二十多岁的小姑娘每天向我报告他们出去了几次、去了哪里。

伏波那时还会带路，一马当先地走在前面，决定要去哪里。经过家附近的麦当劳、家乐福时，都会问用人要吃什么。两人经常在麦当劳点了汉堡薯条配可乐，在家乐福买了哈根达斯冰激凌，大快朵颐。大学毕业的年轻用人说，她每天打网络电话向菲律宾家乡的父母报平安，也告诉家人她来到了天堂，先生和太太都态度温和，有礼又大方，每天的主餐都吃到饱，出门陪先生散步必有点心。

伏波告诉她，快餐是他从留美读书时就开始的最爱，但因为太太总是否决垃圾食品，即使吃汉堡、薯条，也只准女儿喝鲜奶或橙汁，所以可乐是他和女儿的秘密。伏波退休前在大学任教，有寒暑假，我在"中研院"的工作没有寒暑假（但一年有二十一天休假），所以女儿从小到大，暑假和爸爸去游泳，寒假和爸爸去看电影、逛书店——不论寒暑假都可以吃快餐、配可乐，是她和爸爸的秘密，回家不提即是。

他告诉用人，女儿早已离家，吃快餐和冰激凌又成了他和用人的秘密，回家也不必提。

我退休后，思索如果只有我每天陪伏波去散步，他可能不愿意与用人单独外出，当我要一人出门时恐有困难。于是，我开始每天下午随机安排，有时三人一起，有时只有伏波和用人去散步。三人散步时，我和伏波在前，时而聊聊天，用人尾随在后。

但我立刻就发现，当我们三人一起出门时，经过麦当劳和家乐福，伏波都不作声。我非常心疼，不知他还能记得这样的享受多久，但当然不愿他在正餐之外，经常大吃快餐和冰激凌。

自我退休后，伏波每天需服用的降胆固醇和血脂药物再也没漏服过，早晚血压也几乎正常。因此，每逢需要空腹去医院定期抽血时，我一定安排在一大早，抽完血，立刻把他带去快餐店，点一份大麦克加薯条，再问他要热咖啡还是可乐。我也会像女儿小时候一样，冰箱里总备有冰激凌，隔三岔五地给他来上一点。

渐渐地，我们三人去散步时，伏波不再与我并肩行走，而是对我说："你走前面。"用人也汇报，他们两人去散步时，伏波也开始让她在前面带路；经过麦当劳和家乐福时，伏波都不再有反应了。还有散步时，只要走在家附近的基隆河堤，他就会要我们先回家，而他想去淡水看看，却说不出为什么要去淡水、去看什么。

从那时起，我决定不再让他和用人单独出门，我一定要随行。因为若用人照我的指示绝不让他单独行动，他会发脾气；只有我在场，才能一次又一次地设法让他调头回家。

我也和用人商量，再也不去基隆河堤散步，我们改成相反的方向。再后来，他三度走了三圈还不肯进门，我们再进一步，把散步时间改为每天晚饭后，天黑了才出门。

随着病况加剧，伏波说话越来越简短，也越来越少开口。只要见他拿背包、戴帽子，整装要出门，我就非常紧张。

"你要去哪里？"

"我就出去一下。"

"去哪里？有什么事？"

"我就散个步。"

我立刻叫用人带好饮用水，陪他出门，但他总是不肯。交代用人尾随在后，他也总能发现，并叫她回家。于是，只好变成我随时待命，一有风吹草动，就一跃而起陪他出门。

我饱受足底筋膜炎之苦，退休后，出门必须穿上有矫正鞋垫的球鞋，且一定要绑紧鞋带，光是戴口罩、穿鞋出门和等电梯就是好几分钟。尤其是如果伏波已按了电梯下楼去，我担心他已经出了大门，却无法得知他走的是前门还是后门，这让我更紧张而手忙脚乱。

炎炎夏日，每天在烈日下游走几次也实在是一种折磨。但此时伏波已无法记得他出了几次门、去了哪里，只见他在烈日下汗流浃背，左顾右盼，这时，我就得想出借口，劝他和我一起回家。

散步原是伏波最喜欢的活动之一，也是适合老人的运动。但曾几何时，就连散个步也充满了变量。散步时想聊天，却没有回应；想放松，却得不时回头确定伏波跟在身后。一旦出门，就不确定何时能掉头回家；就算到了家门口，也不能确定他是否肯进门。

我明知照顾失智的家人，于他，是对我做一场漫长的告别；于我，是陪伴他走最后那一段黑暗的长路。我原以为自己可以做他黑暗中的一盏明灯，却日益疑惑我还可以照亮他多久。

我明知艰难，但这条陪伴与照顾之路上的重重困难，大多是不能预期也无法准备的，我只能每日且战且走地摸索前进。

病初，伏波的短程记忆流失缓慢，长程记忆大致无碍，认知障碍也有限。但到了某个阶段，他几乎不再有短程记忆，长程记忆也分崩离析，认知能力开始像滑滑梯一样收不住地下滑。我每天都可能要面对新的突发状况；昨天还有用的方法，也不保证今天还管用。

过程中所经历的大小挫折和求助无门，真是难以言喻，而我也越来越不确定，自己是否还能一而再、再而三地找出解决方案。

在经历了多次的天人交战后，我终于把伏波送往照顾机构，开始新的共同照顾模式：平日他在机构接受照顾，需送急诊或住院则换由我负责。这个模式终于让我有了依靠，而伏波也因此得到了更好的照顾。

从文献中得知，失智患者的病况有许多个别差异，亦即没有一本参考书可以像教战手册一样，告诉失智病患的家属，在什么情况下做什么处理。

在家照顾时，每当有一个新状况发生，我总是很焦虑又紧张，认为我的责任是尽快找出解决方案，但又担心会处理失当。

如果实在因为伏波一再抗拒，直到我们双方都精疲力竭，而我因束手无策不得不选择放弃时，那种无计可施的沮丧着实无法形容。一再独自地面对，是多么的孤单又无助；次次的心情起伏，是多么的无奈又伤心；最后不得不放弃时，又是多么的自责又歉疚。

在伏波漫长又黑暗的病途上，原本只有我这一盏孤独的灯。不过自从他进入机构接受照顾，我每周去探望，发现他前行时，身旁已有许多盏灯。我不再是那盏孤独的灯，而是许多灯里，最明亮的那一盏。

一次也没有走失过

为了避免伏波走失,
我决定绝不让他独自一人待着,哪怕一刻。
我放弃了隐私,
失去了自己的生活,
付出了巨大的代价。

我退休前最后一年的深秋,白昼开始变短,我若照常在六点半以后才离开实验室,七点前回到家时,天色已然全黑。

停好车,搭电梯上楼,打开家门的那一刹那,我的心都是悬着的。如果迎接我的是一室温暖、柔和的灯光,我就会舒一大口气,说一声"我回来了",然后快手快脚地去更衣,准备晚饭。如果迎接我的是一片漆黑,我的心就会立刻跌落到谷底,手脚发软,呼吸不顺,不知上哪里去找伏波。

我离家去上班,在实验室工作时,也变得越来越焦虑,担心他会不会出了什么事。

当然,当时的我并不知道,那样的焦虑与我退休后每日面对他日益严重的病况所经历的束手无策相比,只不过是小巫见大巫。我也并未意识到，自己的焦虑不但已开始了好一段时间，而且还逐日加剧。

每周一到周五，我在焦虑中一边表面如常地工作，一边担心。好在我家距离"中研院"不到四千米，所以有时趁午餐时间会回家去看看。如果伏波在家，就说我忘了东西，回家拿；如果他中午不在家，晚上我就尽量早一点下班。

其实天知道，我不能要求他终日禁足，他若是出门，我无法拦阻。中午回家一趟其实于事无补，只不过是焦虑、忧心的我自欺欺人罢了。

周六则是最难熬的日子。高龄的母亲早于七十七岁时便住进位于淡水三芝的安养院，我与两个妹妹每周六结伴探望，直到她在2022年年底以九十六之寿辞世，三姊妹探望了十九年。

我们不愿母亲担心，所以隐瞒了伏波失智一事。随着伏波的病况日益加重，我虽然和工作日一样是出门一天，但不知为什么，每到周六下午，身在三芝的我就有如热锅上的蚂蚁，六神无主又坐立难安。可能是觉得伏波已经忍了五天，到了星期六，我还是早餐后就出门，又是黄昏才回家；也可能是因为三芝与台北相隔将近五十千米，我中午无法回家去看看。那种因为看不到、打电话也无人接听的忧心如焚，我无法形容。

回到一片漆黑的家变成日常后，我开始采取预防他走失的各种措施。

那时他还会自己回家，但以往回到家总会告诉我今天去了哪里、做了些什么事情的他，开始少了言语。我问他去了哪里，他不是轻描淡写地说"去散个步"，就是干脆不语。我继续问他去哪里散步了，他也只是说"去我大哥民生东路的房子看看"。

卧病在床的大伯在民生东路拥有一户闲置多年的老旧公寓，然而屋里堆积着杂物，布满蛛网及灰尘，连坐下的地方也没有，不是什么可休憩之处，更没有什么东西可看。加上从南港步行来回至少要三小时，我的疑惑自是与日俱增。

后来这几句话成了他每天的固定答案，甚至开始把"民生东路的房子"说成"民生东路和士林的房子"。问他是怎么去的，他总是用理所当然的口气说："就散步啊！"

未婚的大哥失智多年，只有民生东路一处老公寓。接连听到这样的回答后，我心里不禁开始发毛，一来，推测他开始出现幻觉；二来，我再也无从得知他白天到底去了什么地方。我因此推测，他也不记得自己去了什么地方，只是到家的时间越来越不一定了。

好心的友人们开始提供建议：把伏波的手机定位和我的手机绑定；给他佩戴刻有姓名和紧急联络人电话号码的手环或项链，或是具有定位功能的手表。

查询资料、打电话请教社工人员后，我偷偷地把他的手机定位与我的手机相绑。不料，等我做完这些安排时，他已不肯再携带手机，只是把手机留在书桌上，用充满鄙夷的口气说："这是什么东西？我不需要。"于是这条从Google记录来追踪他到底去了哪里的方法，也行不通了。

白天上班时，我的手机不再收到伏波不停打来的电话，但整日没有任何音讯成了另一种隐忧：我不知道他是否在家，或是去了哪里，是否记得如何回家。于是我向"失踪老人协寻中心"申办了防走失服务的"爱的手链"，上面有姓名和紧急联络人的电话。

但伏波除了手表，从来不曾在手腕佩戴任何东西，他很大男人地坚持拒绝佩戴，说："我又不是女生，戴什么手链。"无论如何好言相劝，就是不戴。计穷之下，我连哄带骗地说这是女儿送给他的生日礼物，他勉强戴上了，却一回头又取下，很坚定地说："这是什么东西？我不需要。"

那时，具有定位功能的手表还不普遍，好不容易觅得一块，他却说："我的手表好好的，为什么要换？"

简而言之，当时一切可以采取的措施，都无法派上用场。

我筋疲力尽之余，面对友人好心的建议，还得耐着性子回复自己做了哪些尝试，为何都没有成功。

事后回顾，我发现这些立意极佳的措施及辅具，包括尿布、尿裤、手杖、助行器及助听器等，都存有执行面的困难。除非失智症病人愿意配合，否则全都无法达到目的。如成人纸尿裤，他坚决不让人穿脱，且力大无穷，试问如何套上他身？只要病人意识清楚，执意拒绝，是无论如何无法强迫达成的。饮食、服药、盥洗、沐浴也都如出一辙，一旦他拒绝，通常都是行不通的。

对于知情的友人善意的建议，身为照顾者的我还愿意解释。但最让我感到挫折的，是对失智病患的种种阶段性失序行为并无了解、也不曾照顾过病人的亲友，用很不以为然的"你怎么不知道"的口气,提了一大堆建议。这种隔靴搔痒的好意,对于每天与病人奋斗的家人照顾者来说,真是情何以堪!

此外,我曾三次回到家发现自己被反锁在门外:我把钥匙插进门锁,向左转三圈后推门,却被门内搭上的安全门扣挡住,看得见却进不去。这让我知道伏波在家,但不在客厅,我只能用力拍打大门,并扯开喉咙大喊。

伏波此时如果在他的小书房,与客厅只有一墙之隔,即便右耳重听,也不至于完全听不见;可是如果他在走廊另一端的卧室,或是主卧的浴室里,那么就可能完全听不到了。

他没有午睡的习惯,晚饭时分已到,到底发生了什么事呢?近日早晚量的血压一切正常,降血脂及胆固醇的药物不曾间断过,天气也没有突然降温,不会是中风了吧?难道是跌倒了,昏过去了吗?……

气温不到二十摄氏度,但我已是满头大汗。我回到楼下大厅,询问保安有没有破门而入的方法,得到的答案是必须把整扇大门卸下才行。我只能重返楼上,不顾可能对邻居造成的干扰,继续用力地拍打大门,大声呼唤。

好不容易等到伏波打开门，他满脸不悦地问我有什么事情大惊小怪。此时我还真是大惊小怪了，因为滴酒不沾、一沾就脸红如龙虾的伏波一身酒气，原来是醉倒在床昏睡了。我问他为什么喝酒，他回答说："我哪有！你忘了我一口酒也不能沾的吗？"

早已不能与他讲道理，也没有办法让他记住任何事情的我，除了噤声进门，更衣后做饭，只剩无言。

因为完全无计可施，为了避免他走失，我采用了最笨、最费人力但也最有效的方法：绝不让伏波独自一人待着，哪怕一刻。

用人没来之前，我在小小的家里，放弃了隐私，做任何事都不再关门，以便确认他在哪个房间里。出门无论到哪里、办任何事都带着他；排队等公交车或捷运、结账或领药，都不时地回头看他在不在我身后。

用人来了以后，因她不谙中文，我继续承担一切杂务及相当分量的家务，买菜、采办、跑腿、办事一如往昔，但终可不必再带着他做这些事了。

别小看买菜这种小事，无论是传统市场或是超市，挑选任何东西都需要不住地回首，确定他还在身边，否则一抬头看不到人是会惊慌的。

白天去趟银行、邮局或去医院自己例行的门诊，则绝对不超过半日，怕他在家没看到我，会出去到处游走，用人也说不通、拦不住。

晚上，我绝不一人出去参加聚餐，因为晚饭时，伏波若见不到我，就会说他等一下再吃，然后就不吃了。

晚饭后，我所谓的离家一会儿，也只有一周一次在自家楼下参加歌唱课程，两小时一到，无论是否已下课，一律上楼回家。

在这个过程中，伏波的确一次也不曾走失，可是我也付出了巨大的代价。

我不但开始日日忧愁、时时焦虑，也渐渐失去了一切自己的生活。

我随时待命，再也没有自己的时间。我有如惊弓之鸟，再也无法专心做任何事。

我以为我可以经常回到自己工作了三十六年的"中研院"，毫无负担地参加各种讲论会、研讨会，但事实是我一次也没能去过。

我以为我手上还有许多研究成果，可以继续撰写学术论文，却不知即使坐在书桌前打开计算机，也不能专注。

我以为我可以专心地审查论文、查阅相关文献、阅读感兴趣的论文与书籍，却发现我所有的时间都变得零碎不堪，于是只能拒绝所有的审查邀请。

我以为我可以投入三十多年前即加入的国际妇女公益团体，做些服务工作，或至少出席每个月一次的例会，但事实上，我的出席率竟比退休前还低！

我以为我可以时时和朋友小聚，却未料我总是心不在焉，如坐针毡。

那种时时待命，不知明天又会有什么情况的日子，把我压得喘不过气，也不再能安睡。失眠和忧郁症都已找上我，只是我还不自知罢了！

吃药

渐渐地,
吃药的困难度加大了,
犹如打仗,
作战计划成了我每天的功课。

不记得从什么时候开始，每晚睡前，我都得拟好第二天伏波服药的"作战计划"。

随着病情日益严重，他每天需要服药三次，分别是早餐后、晚餐后与睡前，需要服用的药物种类也越来越多，加上早上还有补充营养的保健品，合起来真的是一大把。

不知是因为他没有病识感，还是不愿意承认有病，再加上他的短程记忆和理解能力都越来越差，面对这些颜色、形状、大小不同的药片、药丸和胶囊，他总是一脸狐疑。不管我怎么解释，他已是听不懂也记不住，所以干脆拒绝吃药。

有这种结果并不令我意外，但我的使命是让他每日按时服下该吃的药物，所以除了哄劝，只能设法用计智取，务期使命必达。

吃药原先是很容易的啊！我只需要在饭后拿出他的药盒，把药物从药盒里倒在饭桌上，对他说："来！吃药了。"他就会面露包容又无奈的笑容，似乎在嫌我多事的表情，右手端起准备好的水杯，左手一颗颗地捡起药物，喝一口水，吞一颗药。

可是这样合作的日子并没有持续多久，他就开始看着我，说："我没病，干吗要吃药？"我只好说："这些都是维生素。我们年纪大了，吃点补品强身。"然后我就会先把我的补品吃下去。此时他会无奈地摇着头，很勉强地把药物吞下去。

但不久以后，他看着我掌心中的保健品，问我："为什么你的维生素那么少？我的维生素那么多？"又再度摇头拒吃。这下糟了，他只是短程记忆有损，但逻辑能力仍存，我又得想出新招来！

我心想，如果我每天早上也服用一把药品，让他看见我俩都各有一把，那么也许可以由我示范一把放入口中、用一口水吞下去，让他跟进模仿。

可是我不需要服用任何长期药物，只有三样保健品：一颗多种维生素，一颗加了维生素 D 的钙胶囊和一颗叶黄素，在掌中看起来没什么分量。而伏波除了同样的补品，还得服用降血压、降胆固醇和失智症的药物爱忆欣，加起来共有六种，大大小小的还真是一大把。

于是，我把自己的多种维生素换成 B_1、B_2、B_{12} 各一颗，我服用的保健品就变成了五颗，与伏波的六颗差别不大。

然而，这个方法的有效期也不长。不久后，伏波拒绝与我一起"吃药"。他会说："你吃你的，我等一下吃。"等我再把药拿给他，他自然早已忘记承诺，断然拒绝，或是干脆摇头不语，硬是不吃。于是每天早饭后的目标，就是一定得设法让他把该吃的药一颗不少地吃下去，否则完成使命的概率只会更小。

为了区区几颗药丸，我得使出浑身解数，尽力哄劝，做出各种承诺："吃了药，我们去看电影。""先吃药，我们去逛书店。""快来吃药，我们去猫空搭缆车！""今天'国父纪念馆'有画展，吃了药，我们就去看。"……直到他吞下药物方才罢休。

新冠肺炎疫情严重，银发族只能接受劝告枯坐家中的那段时间，吃药的困难度加大了，犹如打仗，作战计划成了我每天的功课。

渐渐地，晚餐后吃药变得比早上容易一些。新冠肺炎疫情略微舒缓后，只要白天能有些活动，去户外而不是枯坐家中，他吃完晚饭就会感觉有些累了，精力不再，就比较被动，不再争辩拒绝。

于是我征得医师同意，把睡前的助眠药物提前，在晚饭后一并服用，一天从吃药三次减为两次，少一次争辩抗拒。

不过，执行这个方案也需要些技巧。

我们每天晚上的作息是：六点钟吃晚饭，饭后略事休息，七点钟出门散步到八点二十分左右回家，九点钟上床就寝。

如果六点半左右就把睡前的药物一并吃了，安眠药开始作用，那么到不了八点二十分，伏波便昏昏欲睡，走路时步履艰难，整个人会往我身上靠。这种时候，我一方面怕他跌倒，另一方面也实在承受不住他的体重。

于是，我们改成在七点钟出门散步前才吃药，吃了药立刻出门散步，一旦看到他的眼睛开始无神，不管是否到了八点半，立刻转头回家。

伏波的妄想和躁动日益严重，开始日夜不分，在神经内科主治医师的建议下，我们另向精神科（或称身心科）求医。医师开的药物中，有一样是药水，早晚各5cc，要用滴管从药瓶中取出，滴入口中。

这是个新的难题，我问医师："如果他拒绝仰头张嘴，要如何让他吃下去？"医师建议可以滴到面包或饭上，或是果汁、汤品中。

果然如我预期，伏波一看到我手拿滴管向他欺身而进，立刻皱眉推开，坚决不肯配合。于是我考虑可以滴到什么食物里。

早餐比较简单，除了一杯热拿铁和一只煮鸡蛋，我们每天必有一杯浓稠的蔬果泥，滴到表面即可。吃烤香的贝果或马芬堡的日子更简单，先涂好酱馅，再把药水滴下去，一点也吃不出来！

但晚饭就比较麻烦。我们家吃五谷米饭，饭碗里粒粒分明，谷类没有黏在一起，万一药漏到碗底，恐怕摄取不足；汤品也不宜，因为一来药水被稀释了，二来他不一定会把汤喝完。

好在我为了避免伏波的营养摄取不足，早就改成分菜而食，每人面前有一碗饭、一碗汤和一个放了三样菜的菜盘。于是我根据每晚的菜式，或是把药滴到菜叶上，或是把肉丸子切个小口、在鱼肉上划一刀，再把药水滴下去。餐桌上，坐在他对面的我，总是确认他把滴有药水的菜吃下去了，才放心地吃我的饭。

把伏波送入长照机构前，我带着他分别去心脏内科、神经内科和精神科三个科室，央求医师提供病史简述及药物，并特别要求精神科医师把水剂药物改为锭剂，以免增加团体照顾上的困难。

不过，虽然我明知让他吃药不是容易的事，却不打算让自己的关心给照顾人员带去麻烦，所以伏波住进长照机构后，我从来不过问他吃药的情况。

自他离家，我休息了一阵子，便开始整理他的书房。打开他的档案柜时，除了塞得满满的卫生纸、面纸、基隆河畔散步捡回来的大小石头、一包包洗得干干净净的释迦果籽，还发现了不知多少他服用了十几年的降血压、降胆固醇药物。

原来在我开始全职照顾他以前，他早就没有在好好吃药了！

门诊

伏波不再理解为什么要等候,
不再理解为什么等候是如此漫长。
他坐立难安且焦躁不已,
不断地要求离开:"走吧!回家!"

陪伏波去医院复诊是例行的工作，然而，是从什么时候开始，让我有如临大敌的压迫感呢？为了找出症结，我开始回顾去门诊的步骤。

首先是出门。

只要看到我拿着皮包从书房往大门走，伏波总是立刻问我："去哪里？我跟你去。"如果我说："来穿鞋，我们出去。"他总是一跃而起，准备随行。

但无论我们出门的目的为何，一待走出电梯，往社区大门走时，他会再问："去哪里？"我会再回复："去医院看病、拿药。"如是一再询问、一再回复，他却无论如何也记不住我的回答，总是接着说："怎么走？你走前面。"

每次听到"你走前面"这四个字，总让我一阵伤心，因为即便是一再前往，去过不知多少次的地点，他也不再记得。

再也不能携手并肩行走以后，走在前面的我，不得不频频回头，查看他是否跟在后面。不时地回头查看，让短短几分钟的路变得越来越漫长，穿马路也让我越来越不放心。

其次是从家往返医院，搭乘什么交通工具。

随着伏波的定向感日渐流失，我放弃了开车这个选项。我怕他坚持要自己驾驶却已不识路，路上会不断争执；也怕我担任驾驶，他会不断地从副驾座位下指导棋，令我无法专心。于是我选择搭乘公共交通工具。

没想到一向自诩开车技术及方向感一流的他，默默地同意了，就只是跟在我身后。他早已忘了进出捷运站、上下公交车皆须刷卡，总是一再询问什么时候需要刷卡。只要我提醒，他就会腼腆地说"忘了"，却掏不出老人卡来。

到了后来，他不但不记得要刷卡，对我的提醒也只是一脸茫然，没有反应。于是，如果搭乘公交车，上下车时，我得在他身后上车，然后刷两张卡；如果是搭捷运，我得在闸机口先刷他的卡，并把他轻轻地推进去，再刷我自己的卡，快速地跟进去。

上车坐下之后，他会握着我的手，听到我说"下车"便会起身。但不久以后，他在车上变得坐立难安，一再询问"还有多久到站"，担心错过下车时机，不断地起身，以为即将要下车。

到了医院，坐在候诊室时，他也是一样紧张，生怕错过自己的号码，一再地询问我他是几号，注视着诊间前荧幕上滚动的候诊名单，找自己的名字。一旦进入诊间，却又不再开口。抽血、验尿、做超音波、心电图时，伏波都要求我陪在身边，生怕自己出什么差错。

到后来，随着他的失智渐趋严重，坐在候诊室等待叫号变成一种煎熬。他不再注视着墙上不停变动的候诊灯号，不再理解为什么要等候，为什么等候是如此的漫长。他坐立难安且焦躁不已，不断地要求离开，不断地重复："走吧！回家！"不停地起身想要离开医院。

他的年纪离八十五岁还有好些年，我也不便敲门要求提前就诊。我跟他说，一定要看到医生、拿到处方，才能取药回家。他会说："为什么要拿药？走吧！我们回家！"我只能一再地威逼利诱，承诺等看完、拿药后，会带他去吃平日尽可能不让他吃的汉堡和薯条，去喝咖啡、看电影等。

但后来，我说什么都不再管用了。

此外，他不再回答医师的任何提问。门诊时所有的问题，都变成由我来回答。难怪刘秀枝医师在她的著作里写道：失智患者看病，家属的陪伴与说明最为重要。

我发现伏波似乎知道自己不再能完成任何任务，也意识到他的安全感逐渐地离他而去，在各方面都能感到他对我的依赖益发日增。

门诊结束后，还需去批价、缴费与领药，每个步骤皆需排队等候，时间长短不等。此时他已离家好几个小时，一边排队、一边移动尚可，站着等领药则让我提心吊胆，怕他转身离去。

离家时间长了还需上厕所。我怕他忘记开口要求，总是一个多小时就提醒一次，并带他去男厕。但无论我如何一再叮咛"事后在门口会合"，也不能保证他上完厕所出来若看不到我，是否会到处去找。有好几次我从女厕出来，四处张望不见他，我就直直地走进男厕，大声呼唤他的名字。

还有两次，我出来时发现他已经走远了，真的是急出一身大汗，却又跑不快！从此，我放弃了自己的生理需求，就伫立在男厕门口等候，好让他一出来便能看见我。

由于长照机构离我们的住处较远，把伏波送进去后，要上医院时，他都是由与机构合作的特约出租车司机阿义载去，我则改成到医院与他俩会合。但这会合只持续了不到半年，伏波便已前往急诊三次及住院一个多月；住院前，他已不再能认字、写字，出院后，他无法理解前往门诊需搭乘交通工具，语言表达能力也几乎尽失，做任何检查皆不能配合。

目前折中的对策是改由长照机构与医院合作：除了服用健保给付的失智症药物而必须前往医院做定期检查，一般的定期抽血由机构保健室完成，再将样本送往医院。定期的门诊，则通过机构的护理人员撰写书面报告交给医师，与主治医师沟通后，开立处方药单，再由专人代为取回药物。

门诊或检查对于四肢健全、心智健康的人，不过是一桩要处理的事罢了，就算是无法行动自如的病患，轮椅、出租车或是救护车都是可行的方案。

但对于心智已离去的患者，去医院门诊或做例行检查，都已是不可能的任务，需要步步为营，随时调整及应变。用"如临大敌"四个字来比喻，真的是一点也不为过。

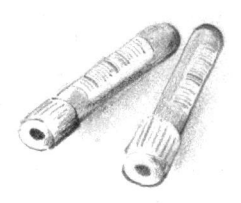

送入机构的前夕

七十二岁的我,
一方面非常不想、更不舍把先生送走,
一方面则终于必须面对
"我还可以承担多久在家照顾"的现实……

2022年10月17日，终于到了送伏波进入长照机构的前夜。

不知从何时开始，日子变得对他艰难，对我也艰难。他不能理解、不再开口、不肯配合，我悲伤焦虑、忧心如焚、束手无策。

身为病人的伏波，心智日渐离去，外界的一切仿佛都不再有什么意义。身为照顾者的我带着用人，光是维持他的作息、个人卫生及营养均衡，就已经几乎没有喘息时间，长期失眠、腹泻、暴瘦又精疲力竭。

他对任何活动都不再有兴趣，从无所事事、任由电视机的光影闪动、在躺椅上打盹，到不分日夜、毫无目标地走来踱去。在家也分不清客厅、厨房、书房与卧房的差别及功能，不知何时开始还日夜颠倒，经常终夜不眠。他随时都会问："怎么还不吃饭？"或是和衣躺在床上。也会在半夜戴好帽子、背着包，啪的一声打开我书房的灯，对着在地铺上好不容易入睡又忽然被刺眼灯光惊醒的我说："我出去散个步。"

也不记得从何时开始，任何时候、任何地点都可以是他躺下或如厕的场所，家中的窗帘、地毯、地面及床上总是看见便溺的痕迹。我早已无法熟睡，每每夜半惊醒察看，或见他丝毫不以为意地趴在书桌上打呼，或见他裸露着身体蜷缩成婴儿状，睡在浴室的瓷砖地上，甚至会坐在马桶上东倒西歪地睡去。

当怎么提醒他刷牙、洗脸、剃须都不再奏效后，早晚举着挤好牙膏的牙刷和面巾，柔声规劝和追着他走变成了日常，是否刷了牙、洗了脸成了重大的生活目标。完成不了会让我忧心如焚；一旦完成，新的一天又马上再度开始。任务越来越艰巨后，我开始对自己说："好吧，一天没刷牙应该没什么关系。"到后来变成三天没刷牙时，我不免急得跟在他身后团团转，而且越急越焦虑，就越来越无法达成。

洗澡更成了一天、两天、三天、四天都不能完成的任务！到后来，每日的刷牙、洗脸、淋浴、洗澡、更衣、如厕等，全部都已是不可能达成的任务。

随后吃饭也一样，虽然每天定时准备营养均衡的三餐，但他能吃多少、愿意吃多少，都再也不可预期。摆好了饭菜，他会说"我吃过了"或"我等一会儿再吃"；饭点未到，他会说"为什么还不开饭呢"。

比吃饭和吃甜点更加困难的是吃药。正如《吃药》一篇所写，如何让他在饭后和睡前合作地张口，把那么多颗药片、胶囊加上水剂乖乖地吞下去，比吃饭更困难。

"这是什么东西？"

"这是你的药。"

"开玩笑，我好好的，为什么要吃药？"

"好，这是维生素。"

"吃维生素干什么？"

"每日补充营养啊！我们每天的 supplement（补给品）。"

"我吃过了。"

原本规律的生活，变成他想吃才吃，想睡就睡。而我则已是吃不下、睡不了，终日萎靡又焦虑地硬撑着度日，规律的生活已成往日记忆。

2022年5月时，一位老同事来问候，知道情况后，很慎重地对我说她的亲戚负责一个长照机构多年，她深知重度失智病患的照顾，已不宜由家人承担，建议我把伏波交给机构，由专业人员集体照顾。

当时已经七十二岁的我，一方面非常不想、更不舍把他送走，一方面则终于必须面对"我还可以承担多久在家照顾"的现实。于是，我开始与在美工作、定居的独生女岚岚商量。

岚岚多年前在美完成学业后，留在美国工作，每年至少回家探亲一次。她从小个性开朗又独立，自信而理智，遇事从容，能从不同的角度思考，与父母一向沟通无碍。

岚岚自求学期间开始，每逢周末便连续两日来电，与我们畅谈。周六是我固定探望老母亲的日子，也是她与父亲谈话的日子。伏波话少，但听用人描述，他接听岚岚的电话总是立刻绽放笑颜，连声呵呵地与女儿谈心。周日女儿来电时，他会说："你跟妈妈说吧！"然后坐在我旁边，满面笑容地听着我们母女谈心。

曾几何时，伏波已不再能与女儿通电话，只能一再重复同样的几句话。而每周日与岚岚通话成为我心灵的慰藉。心情焦虑而束手无策的我，有如一叶扁舟在惊涛骇浪中即将翻覆，岚岚温和又坚定的话语，则有如她向我抛出的绳索和锚。

听到我在电话中犹豫不舍，充满不忍与自责的求助信号，岚岚说："妈妈，我知道你一心要照顾爸爸，怎么也舍不得和不愿意把他送走。可是你已经撑不下去了！只有你身心健康，爸爸才能继续依靠你。若继续把爸爸留在家里，你一定会病倒。只有把爸爸送走，你才能开始照顾自己的生理和心理健康。"

经过数次反复这样的肯定后，我决定把伏波送入长照机构，开始了申请流程。

8月时接到通知，伏波可以在10月以后入住。此时由于新冠肺炎疫情，岚岚已近三年未曾返家，我于是通知女儿，打算在10月送爸爸进入长照机构，要她在爸爸离家前回家一趟，再过几天一家三口团聚的日子。她立刻订机票并安排防疫旅馆，在9月底抵台。

岚岚返家时，伏波已不识女儿了。

岚岚在防疫旅馆住满七天后，第二周的白天可以请假外出办事，于是我们约在南港区公所前见面，好让已被除籍的岚岚恢复户籍。岚岚见到我们时，立刻对着爸爸喊："Daddy!"但伏波没有反应。

办完事后，我们一起离开区公所，下楼梯时，岚岚一如往常地伸出手打算挽住爸爸，但是伏波露出尴尬的表情，轻轻地把心爱的女儿推开。

岚岚说那是因为她近三年未曾返家，又戴着遮阳帽、墨镜和口罩，爸爸要辨识太困难了。于是从第二天起，她每日返家吃午饭时，一进门便低头取下帽子、墨镜与口罩，再抬起头来面对着伏波打招呼。几天后当她进门时，伏波一看到她就眼睛发光，咧开嘴笑。

每当我看到他们父女对视而笑的温馨画面，就用手机拍下照片，并立刻到便利商店冲洗出来，准备让伏波入照顾机构时一并带去。

但伏波在家那最后几日的照顾，光是便溺满身的清理，就到了倾我、女儿、用人三人之力也无法移动他一步的地步。原来当一个人不理解也听不懂要做什么时，为了自卫而产生的抗拒，会让他变得力大无比，不动如山。

试想我们三个女性围着他，一定要把他下身的衣物拉下来时，他有多么不解与不悦。而我们因为拉不下来的挫折感更是与日俱增。于是只能由两个人死死地拉住他，另一个人用剪刀把他的衣物剪开并剪碎，直到可以从他身上拉下或扒下。

这个拉住而剪开衣物的场面，虽早已是我与用人的日常，但对于至此境地才加入照顾的岚岚，这是何等的令她震惊又锥心。原来她心爱的、从不大声说话或疾言厉色的父亲，在母亲和用人每天为他穿脱从里到外的衣物时，已变成有如绿巨人浩克般，再也推不动了。

没照顾过失智患者的好心朋友总是提醒和建议：为什么不让他使用成人尿裤？

但他们不知道的是，此时失智的亲人已无法听从指令，完全不能配合，无论是躺着或站着，都因为他双手推开、身体扭动地极力拒绝，而无论如何也包不上纸尿裤。

我们谁也没料到，伏波离家前的最后一夜，竟是集所有照顾难度最高的一夜，四个人都彻夜未眠！

伏波一整夜亢奋不已，肠胃不适而一再地便溺，一再地需要替换衣物。下午打仗般给他洗了澡的努力，又一次付诸东流！最后，当天光已大亮时，我们才刚又剪下他的下身衣物，站着的他又再次排出粪便。

以往每逢这种时刻，我都会尽量伸手接住，以免他又污了一腿或踩了一脚而不好清理。这次我还没来得及伸出手，就看到从未经历过这种场面的岚岚，已经像我一样，本能且毫不犹豫地伸手接住。我立刻泪水奔下，模糊的泪眼中，看到女儿对她爸爸的爱。

最后因为伏波已困倦至极，摇摇欲坠，我们三人终于能扛住他，推他靠在浴室的透明隔屏上，由我用热水把他的下半身洗净。

这时已经接近早上九点，我们把下身裸露的伏波搀扶到躺椅上躺下，盖上薄被。他渐渐睡去时，我飞奔到家附近买了内裤型的成人纸尿裤，为他穿上。这是他第一次使用成人尿裤，我心中庆幸，午饭后送他入机构的途中，应该不会发生便溺在车上的意外了。

照顾机构说入住时间可以是上午十点或下午两点，我怕早上塞车，所以选了下午。又怕他在途中有状况，所以不敢自己开车，也不敢搭出租车，请了一位年轻又体贴的友人开车送我们过去。因害怕自己提着大包小包，出门时不能专心牵着他，因此也预先整理了他的衣物邮寄至机构。

午饭后，朋友依约而来，可能是因为岚岚和我都在身边，伏波顺从地让我们领着上车，一路无言地到了机构。

这也是岚岚第一次看到她父亲将长住的地点。她对宽广的山林、遍地的树木很是满意，对陈旧的房舍则毫不在意，说爸爸喜爱户外空旷，可以很好地散步，房舍只要宽敞、干净，住着舒适即可。

交接完毕后，我们准备离开。工作人员将伏波领去隔离房间，他顺从地跟随着，不曾回头看我们一眼。他的短程记忆已衰退到不记得自己已离家，不记得妻女将离去，这只不过是他不复记忆的一日。

但这一天其实是我的生日。

对岚岚和我，这一日是我们母女永远记得的，刻在心头的痛。

好久不见：无尽的思念

女儿说：
"我们只要继续爱爸爸，
一直爱他就好。
他心里一定知道我们爱他，
只是说不出来罢了。"

退休后，我在自家社区学唱流行歌曲，从此踏入此前所不知的流行歌曲天地，利用YouTube预习、复习，并悠游于歌曲，暂时从照顾伏波的日常，得到些许喘息。

一日，我正准备用功时，无意中按到陈奕迅唱的《好久不见》。优美的旋律加上充满感情的歌声，立刻吸引了我的注意。听着听着，我竟凄然泪下，把自己吓了一跳。难道是我的忧郁症又犯了吗？

继续听下去，原来是歌词触动了我心中的刺痛。

你会不会忽然的出现，在街角的咖啡店，
我会带着笑脸，挥手寒暄，和你坐着聊聊天。
我多么想和你见一面，看看你最近改变，
不再去说从前，只是寒暄，对你说一句，

只是说一句,好久不见。

让我泪下的,是那一句"……你会不会忽然的出现,在街角的咖啡店……"。那句歌词让我倏忽回想起,在伏波和我共同生活的四十多年中,我们不知有多少次约定了时间和地点相见。车站站牌下、捷运站出口、餐馆门口、旅店前台、会场入口、机场的出境大厅……全都充满了我们两人一旦在人群中看见彼此时,眼神交会,然后各自绽开笑容,朝着对方走去的画面。

把伏波送入长照机构那天,安顿好他以后,工作人员告诉我和女儿,我们可以离开了。

我告诉工作人员,因为机构距离我们南港的家有段距离,我打算每周探望一次。工作人员告诉我,暂时不要急着来探望,给他一点适应的时间,以免造成他的情绪波动,也让工作人员有些时间适应他的习性和需求。

第二天一清早,把女儿送到桃园机场,她返美,我回家,开始了没有伏波的生活。我日日担心伏波是否能适应,泪流不止又坐立难安地熬了两周后,终于申请了探望。

这两周间，我开始到精神科就诊，直面自己失眠、焦虑、体重骤减，已瘦成纸片人的事实。也接受了三十多年的老友，同时也是失智症专科医师的邀请，一同到外面午餐。共餐时，她详细询问了送伏波入机构的种种，我告诉她，工作人员几乎每日传送照片或短视频给我，让我知道伏波生活的点滴。

医师老友也告诉我，两周后第一次去探望时，问伏波两个问题：一是"我是谁"，二是"这是哪里"，再把答案告诉她。

虽然已不再需要耗费体力照顾伏波，我的焦虑和不安却未曾稍减。家中的生活摆设没有任何变化，随时准备着伏波可能会适应不良而回家。

好不容易熬过两周，我依约忐忑地去探望。疫情期间的探视，不能任意走动，只能在会客室等候，焦急的我站在会客室门口，看着工作人员领着他出现在长廊中，缓缓地走向我。

因为他背光，所以直到他走近时，我才能看清他的面部表情。我虽然面向光源，他应该早已看到我，但他走近我时，只是礼貌地微笑着，对着我轻声寒暄："你好，好久不见。"

我顿时知道，他没认出我是谁，以为我是许久不见的友人。因为在此以前，无论我出门多久，他从来没有在见面时对我说过"你好，好久不见"，这是他见到久别的老朋友时，才会说出的开场白。

听到他说这句话的当下，我难过不已，湿了眼眶，但仍依照老友的嘱咐，平静地问他："我是谁啊？"他仍然只是礼貌地笑而不答。

这时，领他走来的照顾人员开始提醒他："赵老师，你看谁来看你了？赵妈妈来看你了。""这是你太太，你太太来看你了。""你老婆来看你了。""早上告诉你，今天太太会来看你，你不是很高兴吗？"他一律笑而不答。

我一辈子是职业妇女，在专业领域，自己的头顶上一向有一片天，极少以赵太太的身份出现，更几乎从未被称呼为赵妈妈。而伏波一向文雅有礼，曾一本正经地告诉我，他不喜欢老公、老婆这样的称呼，所以我们也从未如此称呼过对方。他唯一可能理解的或许只有"你太太"，但对这个称呼也没有反应，表示他可能根本没听懂。

因此，我一再握着他的手，笑着问他："我是谁啊？"

希望他认出我来。但他也只是微笑，一再地不语，好像只是开心有人到访。

随后我又问他多次："这是哪里？"他也完全没有回应。

我拿出笔，把我的名字写在纸上递给他。他一字不差地读出了那三个他应该非常熟悉的字，读完后，却没有任何反应。

我再问他："你叫什么名字？"回我的仍只是礼貌的微笑。

我担心他到了不熟悉的环境，会闹着要回家，所以问工作人员他是否说过要回家，得到的答案是一次也没有。至此，我心中颇为确定，他已不知自己是谁，不知道我是谁，也不知身在何处了。

我握着他的手，他开始回握，我于是向他靠过去，想要给他一个拥抱，可是他只是微笑着轻轻后退以保持距离。我感到一阵阵锥心的痛，劈头盖脸地向我袭来。

他不认识我了，不知我是他的什么人，不知自己身在何处，也不知道他有自己的家，家在哪里。那么他心里还剩下些什么人和事？还记不记得女儿？是否还有思念呢？

回到家后，我又开始无助地流泪不止，睡前服下安眠药，也仍是时时惊醒。

与岚岚通电话时，我哭着说："你爸爸不认识我了。他不知道自己是谁，也不知道自己在哪里！他心里还剩下什么呢？他还知不知道我们爱他呢？如果他连我们都不记得，也不记得我们对他的爱，一个人孤零零地住在不熟悉的地方，四周都是陌生人，他该有多可怜！"

此时，我的女儿岚岚在电话那一端，用温暖、坚定的口气，不慌不忙地对无助的我说："妈妈，不要难过，不要在意爸爸的反应。我们只要继续爱他、一直爱他就好。他心里一定知道我们爱他，他知道的，只是说不出来罢了。你要开始自己的生活，好好地看医生吃药，慢慢地把身体健康养回来，这样你才能继续爱爸爸，继续做他最信赖、最依赖的人。"

啊！什么时候起，我唯一的孩子已经长大。即便生病的伏波是最爱她的父亲，即便她非常深爱父亲，她仍然能够在挂心之余，保持镇定地给我抚慰，成为我的安慰和依靠。

虽然我们母女相隔万里，但我们的心却是如此的靠近且相依，从来没有距离。

虽然无意间听到《好久不见》那首歌，让情绪已稳定一段时间的我再度溃堤，但我实在喜欢那几句触我心弦的歌词，因为只要那歌声响起，我总能随着歌声，在脑海中浮现出身体健康、神采奕奕又笑容可掬的伏波。

我想一再地听，一再地思念，却又不愿听到就泪下，不愿就此又回到忧伤而焦虑，提不起任何精神的状态。

怎么办呢？

我忽然想起我们年轻时在美国，伏波特别喜欢金庸的武侠小说，即使偶然感冒了，发着烧，只要运动时间到了，也依然要去跑步，并说这是在练以毒攻毒的武功，出一身大汗就好了。我不同意却又拗不过他，只能用抱怨的口气嘟囔着这是什么独门武功。

那好吧！我且也模仿这赵式独门的以毒攻毒，试着用这首歌来练习疗愈自己的武功。

我打开 YouTube，搜寻到《好久不见》，开始无师自学地唱这首歌。是的，我要学会这首让我泪下的歌，以后每次想念没有失智的伏波时，就专注地唱这首歌来思念我记忆中的他。

我收起眼泪，唱给自己，也在心中献给听不到、也听不懂的伏波，再也不让自己闻此歌而哭泣。

入院

伏波心智状态很低,
不能理解语言,
也无法用口语表达。
我深知,
我与医疗团队、护理人员及陪病看护的配合是关键。

入住长照机构时所签署的文件中,详细地叙明了家属与机构是"共同照顾",即住在机构期间,由专业人员照顾;如需前往医院就诊或急诊、住院,则由家属接手负责。伏波进入长照机构不到半年,就已连续去了三次急诊,并住院一个月,我是他唯一的家属,如何配合机构达到共同照顾也受到考验。

急诊

第一次送急诊是入院后一个多月,11月底一个凛冽的清晨,四点左右我接到院方的电话,通知我伏波晨起时血压升高,略微发烧且意识不清,必须叫救护车送往急诊,要我立刻去急诊室会合。我按着扑通扑通急速跳动的心,知道轮到我接手的时间到了。

伏波在进入长照机构前,从未去过急诊。进入长照机构的头几周,院方知道我终日担心他是否能适应,不时传来他的生活照片或影片。我见他总能好好吃饭,也开始参加团体活动如投篮、散步、用蜡笔着色、折纸,甚至和护理师随着音乐翩翩起舞,心中不知有多诧异和感动。但这段看似稳定的适应期,随着秋日逝去,气温渐渐下降,不过一个多月就被打断了。

清晨的冷风中,伫立在急诊室前的我终于迎来了伏波。只见他眼神清醒,但看到我的目光却没有什么反应。

新冠肺炎疫情正在沸腾,医院的门禁管制森严,一个病人只能有一个人陪同照顾。我接过救护车工作人员递来的一个硕大提袋,陪同伏波进入急诊室,提袋里满满装着长照机构为伏波准备的盥洗用品、换洗衣物、日常药物及成人尿片。

伏波对急诊室医师的询问自然没有反应。医师听完我的叙述并量过体温后,就交代我,伏波需做急诊室的标准三项检查:抽血、照肺部 X 光及腹部超声波。我深知此时让伏波做任何检测都是有困难的,但必须配合。果不其然，他虽顺从地伸出手臂任凭医护人员抽血，但无论如何也记不住抽完血后，要按压针口五分钟，我试图按住他也不接受，只能作罢。照 X 光及超声波也是多次徒劳，只能让我进入检查室陪伴，才勉强完成。

回到急诊室后，他左顾右盼了一会儿，开始躁动。急诊室医师前来查看后，指示注射镇静剂并加以约束。我无法控制他的躁动与不安，只能签署同意书，眼睁睁地看着他的手足被固定在病床上，动弹不得。

到了午饭时间，我买了他爱吃的汉堡、薯条和热咖啡，换来他暂时的安静及笑容。不料一吃完饭，他立刻伸手拔下静脉注射的针管，一番折腾后，只能继续约束。

在急诊室里，除了安抚他及服用平日的长期用药，必须等到三项检查的报告出来，才会有进一步的处置。

这期间，我还必须替伏波更换几次尿布，但他已不能理解为什么我试图拉下他的裤子，用尽全身力量地坚决反抗。他一边高声呼喊："干什么？干什么？"一边全身扭动，试着挣脱手脚来踢打。我可以想象在这种时刻，如果他的四肢活动自如，挥拳踢腿的力道会有多大！想必这就是照顾人员所谓的"暴力倾向"。我只能向护理人员求救，找来了男性护理师协助，才得以一次次地完成任务。

第二天接近中午时，三项检查报告终于出炉，一切正常。医师判断是清晨的气温太低，他的血压突然升高，血管管壁不及反应之故。他给了我两个选择：一是办理出院；一是续留急诊室，再观察一日。

想到伏波在急诊室的不安及无法休息，我立刻选择出院，并通知了长照机构。照顾人员立刻回复会准备接应，并会为他留一份午餐。

随后我通知了出租车，办好出院手续，准备送他回去。

出租车非常可靠地在约定时间抵达急诊室门前。这是长照机构的特约出租车，司机大哥阿义正值壮年、又有爱心，十余年来接送病人来去医院就诊的经验丰富。

没想到伏波下了轮椅，站在车门大开的出租车后座前，无论如何也不肯坐进车中。阿义和我都知道这是因为他已无法理解，只能不停地柔声相劝，但他依然纹丝不动。我俩在寒风中不知奋斗了多久，使尽了全身力量，才终于半推半塞地把伏波塞入车子的后座。

车子行驶后，他不吭一声，专注地望着车窗外移动的风景。我握着他的手，感觉到他的身体正慢慢地放松。

阿义对我说："赵妈妈，赵伯伯现在安静了，我可以顺利地开回去。到了那边，如果下车又有困难，会有人来帮忙。你不必跟我们回去，回家休息吧！等一下我就在路边停车让你下车，你放心，我会把赵伯伯平安送回去的。"

我没有料到阿义是如此有心又体贴，也知道无论抵达后发生什么状况，我在不在都于事无补。

我同意后，轻轻地放开握着伏波的手，他专心地看着窗外，一点也没发现我已把手抽走。阿义停下车，我放轻手脚下车。伏波依旧别过头望着窗外，完全没有注意到我已下车。

望着绝尘而去的出租车，我伫立在路边，流下了泪水。

一个月内，伏波连续去了三次急诊。从这件事可以看出，长照机构对病人的照顾是非常负责的。他们肩负二十四小时照顾的重责，是最不希望有意外发生的一方，一旦有任何风吹草动，无论是血压升高、发烧或意外受伤，他们会在第一时间判定情况后，立刻做出决定，并通知家属。

住院

农历年前，我接到工作人员的电话，与我商量是否同意让伏波在过年期间去住院。因为伏波不时有情绪起伏及躁动现象，经常需要动员四五名大汉才能安抚及制服。眼看年假期间，工作人员轮休，照顾人力比平时短少，万一发生状况，恐有处理的困难。

负责照顾的护理师已事先征询了伏波的主治医师，医师建议让伏波住院一个月，观察并尝试合适的药品及剂量后，更有效地控制他脑部过度的活动及妄想。但伏波无法单独住院，我如同意，需提供一个二十四小时的陪床看护。

我当下立刻同意。试想：如果过年期间让伏波留在机构，动辄送往急诊，年迈又体力不济的我又将如何应付？

有别于普通病房，精神科的病房有许多限制，如为了避免意外事件，不能穿有拉绳的衣裤，手机、剃须刀、指甲刀，甚至洗发精、沐浴乳，都必须交给护理站保管，在使用前申请，陪病者也不例外。加上新冠肺炎疫情间的病房管理森严，每天只有下午三点到四点可以探望，探病前需上网申请，进入病房前，随身携带物品需接受检查，手机也不允许带入，等等。

我于是开始了每天下午探望伏波的日子。

入院初期，伏波除了心智状态很低，不能理解语言，也无法用口语表达，精神状态则十分亢奋，照顾他必然十分艰辛。也因此，我与医疗团队、护理人员及陪病看护的配合将会是关键。

首先是医疗团队。我做了一辈子的研究工作，早就上网查过老人精神科的所有成员，知道他们全都是学有专精的优秀医者。当面见到并与他们交谈，发现他们个个都彬彬有礼又态度亲切，很有耐心地回答我的询问。

主治医师对我语重心长地强调了一点："失智症是不可逆的，因此所有的症状都是一个过程。"

我因为曾照顾过失智的婆婆，当下就懂了：一切症状都是阶段性的，终究都会过去。到了末期，认知与生理全部退化，病患成为植物人，只能卧床，对外界不再有任何反应。在此之前的所有病况，只不过是病程的一个个过渡；用药也只不过是让病人生活得比较平顺，照顾者的工作不那么艰辛而已。

其次是病房的护理人员。进入病房后，我发现护理人员个个经验丰富，每天精神抖擞，利落地进进出出，过年也没休息。她们不但对自己负责的每位病人都了如指掌，彼此也合作无间。

她们才是负责照顾的第一线人员，上班期间除了例行工作，时时都要应付突发状况，而除了在计算机前登录资料，几乎没有机会坐下，更经常耽误了用餐。

担任精神科的病房护理师需要有多大的耐心，付出多少体力与精力，多么地劳心又劳力，岂是"沉重"二字可以描述的。

最后是陪病看护。这位看护必须二十四小时陪伴在伏波身边，协助他的一切需求，重要性不言而喻。

农历年将届，找人比平日困难，我心想一向温文儒雅的伏波，如今因病成了力大无穷的暴力病患，就决定聘用一位年轻的看护。

第二天下午，素未谋面的曼羽带着一口大行李箱，从容地依约来到。她带着开朗的笑容，利落地询问了伏波的病情和行为特征，检视了我们带进病房的物品后，立刻告诉我第二天需补充哪些用品。我发现她相当有经验，离开病房时已放心了许多。

曼羽来到以后,我与她便有如一个二人团队,同心协力地照顾几乎已不知世事的伏波。

每天下午三点钟,我带着干净衣物准时抵达病房时,曼羽已把伏波带到精神科病房的公共空间,迎接我的到来。她每天有序地报告伏波前一晚睡眠是否安稳、当日饭菜和水果吃了多少、饮水是否达到标准,还有情绪及血压、排便、排尿是否正常,并把换下的脏污衣物等交给我带回家清洗,也提醒我第二天需补充什么。我们两人并依据需要,为伏波从头到脚打理身体。

如果当日曼羽已一个人顺利地完成了该做的事,我就会让她离开病房,去外面透口气,好好地吃一顿饭。曼羽如果外出一小时,回病房时总是带着水果或零食,笑眯眯地与伏波分享。

在美工作的女儿岚岚也休假回家探望。在她停留的两周期间,什么活动也没有安排,只是每天下午随我去医院探望爸爸。值得庆幸的是伏波在医疗团队调整药物和曼羽细心照顾下,情绪与妄想状况都已开始改善,半夜也不再被送进单人隔音病房,我们一家三口得以在病房中,享受每天一小时的天伦之乐。

两周后，到了女儿返美的时刻，我在清晨送她去机场，这时的我已心情平静，不再哭泣。

伏波住院四周后，病房护理师通知他可以出院了。我立刻告知长照机构，特约出租车的司机阿义和我一起办妥出院手续，曼羽则把东西都收拾妥当，推着轮椅陪伴我们到楼下，与我一起等候阿义把车子开过来。

如我所料，伏波依然是怎么样也不肯配合上车。好在阿义和曼羽都有经验，两人很快地商议后，只见曼羽以迅雷不及掩耳的速度将两手伸入伏波腋下，不待他反应，一把将他从轮椅上拉起并旋转九十度，站在伏波身后的阿义立刻将他稳住，一人按下伏波的头，同时顺势将他的上半身往车后座推，另一人协助伏波弯腿挪臀，两人瞬间就把伏波塞进了车内。

看着他们二人合作无间，我心中的感谢真是无以言喻。

我至今对伏波住院期间尽心尽力的医疗团队、不辞辛劳的病房护理人员和有如天使般的陪床看护曼羽都心存感激，感激他们及时地照顾伏波，陪他走过那段艰难的"过程",走向平静的生活。

我也再再体会,从事第一线医护工作的全体人员,都必须具备健康的身体、强大的心态和无比的耐心。我真诚地为这些无名英雄喝彩,并向他们致上最真挚的敬意。

走出忧郁

逃避了这么久,
终究还是得接受和面对,
我决定不再拖延,
做个听话、合作的病人。

我可能有一点不对劲，但应该不太严重。

我有点食不知味，夜不成眠，但那只是由于伏波的状况频出，经常让我措手不及、应付不来、焦头烂额又束手无策。那早已是我的日常，我应该已经习惯很久了，我只是有点太累，有点太焦虑罢了。

我向来喜欢阅读，不过有好长一段时间，就算摊开书本，我也不太能专心，一天也看不了几页，但那只是因为伏波时不时出状况，我随时得一跃而起。

我也有好长一段时间对任何事情都提不起兴趣了，但新冠肺炎疫情严峻，大家都枯坐家中多时，不过是无聊太久罢了。这应该没什么关系！

而且，我怎么可以生病？我当然不能生病！

家里只有伏波和我两个人。病人是伏波，他失智了，需要照顾；我是唯一能照顾他的人，也是他唯一能依赖的人。

亲朋好友总是提醒我要小心，所以我也总是努力地照顾自己。我若是生病了，伏波怎么办？我绝对不能生病！我们家也轮不到我生病！

我一向很健康，血压、胆固醇和血糖都没有问题，从来不需要服用什么药物，就是偶尔有些肠胃失调。我作息规律，生活健康，每天早上六点半到七点半温和地运动一小时，从不间断。我一向管理全家的饮食，少油与盐、多蔬果，并摄取足够的膳食纤维和蛋白质，三餐定时。

我虽然食不知味，但从不曾错过一餐。我虽然睡眠不好，可是只要伏波上床了，我就也赶快去躺下。

倒是我的肠躁症越来越严重，好不容易睡着了，半夜却得起来上厕所，而且次数越来越频繁。无奈之下，我挂了门诊，向看了多年的肝胆肠胃科医师求助。他了解情况后，摇着头说可以给我开点药，但肠躁症多半是压力造成的，我应该知道怎么办。我服了一个月的药但改善有限，也就认了，不再就医。

我的衣服都变得宽松了，那不过就是因为夏天太热，胃口欠佳而瘦了一点，没必要踩到体重器上真的去称一下。

但伏波的突发状况倒是越来越多。不再能与他沟通后，他总是拒绝一切，原地不动，而我和用人联手也经常不能移动他半步。

事态越来越严重，我实在照顾不来，和岚岚商议后，无奈地做出了送他进入长照机构，接受专业照顾的决定。

岚岚在爸爸离家前回台。近三年未见，她向我走来，伸手抱住我的第一句话是："妈妈怎么变这么小只了！"

其实岚岚早就劝我去做心理咨询。她服务的公司提供的员工福利中，有基本的电话咨询，身为她的眷属，我可以就地使用台湾地区分公司的咨询服务。

但我知道这类服务多半得花很长的时间，我哪有那样的空档？放着伏波随时会找我或发生的状况不管，约好时间打电话？

至于心理咨询重要吗？那当然，但那是别人的身心出了状况时才需要，不是我！

伏波任教多年，也做过各级的行政工作，当然处理过学生的各种特殊状况。我自己身边也有人罹患忧郁症，需要咨询服药。担任主管时，我也曾建议与鼓励有需要的同事去寻求身心双方面的协助。

此外，我除了没有时间生病，身体一向很好，我打从心里不认为自己会需要心理咨询方面的帮助。

年轻时留学美国，我和伏波都觉得西方文化比较自我且夸大。早年在美观看伍迪·艾伦执导的经典电影，我俩总摇头不已，认为这些人不愿面对自己，敞开心胸，好好沟通，宁可动不动就找心理咨询，对着陌生人掏心掏肺。我虽然可能比同龄人好学些，但毕竟已是银发族，我这一辈的人，价值观是比较相信"一切操之在我"的。

不过，我心里当然知道自己可能是得了忧郁症，只是不愿意面对。

我知道一旦确诊，必然得长期服药，但我从未长期服过什么药，更排斥需要长期服用精神科药物的可能。所以我就拖着，不去面对，认为我自己应该可以解决。

伏波入住机构前，需要到他就医的各科取得病历说明及药物，岚岚自是一起前往。当我们一家三口进入精神科诊间，说明了需求后，岚岚忽然出其不意地出手，对着温婉亲切的医师说："医师，我妈妈也需要来就诊。长久以来她照顾我爸爸，身心压力都很大，经常处于极度焦虑和挫折中，并且瘦了很多。我劝她就医很久了，她都没有行动。"

我当时完全没有料到，只好十分尴尬地对医师说："我得先把我先生送进机构，安顿好了，我会来就诊。"但其实我心里并没做这个打算。

伏波进入长照机构的第二天是岚岚返美的日子。一清早，我随她一同去桃园机场，很习惯地在出境闸门前，向她挥手并目送她离开。二十年来，这场景已重复了不知多少次，但是我很诧异地发现自己竟然泪下！这也太不寻常了。我一向很坚强，就在前一天，我们母女与伏波道别时，我俩相对而视，微微地红了眼眶，但并没有流下眼泪。

为什么此刻我会流泪呢？我一边纳闷，一边踏上归途。没有料到的是我竟然一路流泪到踏进家门，眼泪、鼻涕齐下，把两包纸巾用完了还不够！更夸张的是，我居然仍是不可控制地什么也做不了，随时泪下，断断续续地持续了一整天，还流着眼泪上床就寝。第二天亦复如是。

到了第三天，我知道不对了，我的理智终于战胜我的否认，上网挂了精神科的号，终于前往就医。

量完了体重、血压，候诊后，进入熟悉的诊间，见到熟悉的医师。她很仔细地问诊后，对我说："你女儿说你瘦了。你的血压正常，体重48.1千克，是瘦了很多吗？"

我真的被自己吓到了，没想到我竟瘦了将近十千克，回到大学毕业时轻盈的状态！

医师的诊断是我患了忧郁症，但她强调我的症状很轻，只要配合医师治疗，服用适当的药物，假以时日定能痊愈。她开了抗焦虑和助眠的药物，安排了下一次的门诊时间，嘱我安心服药，时间到了要按时服药及复诊。

我也立刻向两位医师旧友报告。这两位故旧，一位是失智症的权威，一位是伏波的主治医师。她们两人在看过精神科医师开给我的药名后，给我提供了一模一样的意见：药物都是使用多年、众多人用过的，副作用很低，医师开给我的剂量也很轻，放心服用便是。但一定要有耐心地按时服药、定时复诊一段时间，切不可任意地自行停药。

逃避了这么久，终究还是得接受和面对。我决定不再拖延，做一个听话、合作的病人，能够越早停药越好。

我原是嗜睡的人，开始服用少量安眠药后，不久即得以安睡，于是遵从医嘱逐渐减药，约六周后，就只有偶尔需要助眠了。肠躁症没有服药，竟能逐日好转。

焦虑的部分，因经历伏波进入照顾机构后数度急诊及一度住院，则时有起伏。不过，在服药六个月后，我与医师商议停药试试看。

这段时间，伏波接受了治疗，情绪的躁动渐渐平静，也逐渐适应了在机构的生活。他一次也不曾找过我，从未要求回家，从不挑剔膳食，总是身上干净，衣着整齐。

我每周去探望，见到他时，他有时笑逐颜开，有时全无反应。我离开时，他或是目送我，或是回到自己的世界，从不曾显露过任何情绪波动。

他渐渐适应了机构的专业团体照顾，而我也慢慢接受了他已离家的事实。

我发现我虽然还是没能完全打起精神，但重拾了荒废多时的阅读后，终于又能专心，也找回了一目十行的功力。

除了阅读，我也重拾了对烹饪的热爱。每周尝试用猪肉搭配不同蔬菜的饺子馅；冬天试做各种柑橘组合的橘子果酱；过年期间，实验了好几款不同配方的年糕。

我开始偶尔参与些学术活动，开会时，不再提心吊胆和忧心如焚。

我恢复了放下多时的社团活动，渐渐又开始了社交生活，不必时时看表，也不必坚持在出门最多三小时后踏上回家的路程。

那些伏波与我一起参加了几十年的活动，我现在勇敢地只身前往。

伏波入机构一年后，2023年10月金秋时，岚岚告知返乡的日期已定，会停留较长的时间，隔年投完票才返美。

我想起疫情前一家三口出游的时光，觉得应该与女儿重温旅游的回忆，但旅行证件过期多时，我又拖拖拉拉了不少日子才终于办妥，蹉跎的结果是元旦假期间，不管想去哪里都没机票、也没旅馆了。原本那个遇事起而行并剑及履及、效率高超从不延误的我，如今变得优柔寡断，连办这点区区小事竟也无疾而终！

岚岚曾说过就我们一家三口的行动力而言，"爸爸优柔寡断，妈妈当机立断"。踌躇非我本性，我心知会如此拖泥带水，还是跟忧郁症导致自己提不起精神有关。

不过，这次是女儿的当机立断没有让旅游无疾而终，她建议我们就在台湾地区走走，最后我们决定在元旦假期走一趟礁溪，让我终于走出蜗居已久的南港。我们母女受到宜兰挚友的热情接待，白日沐浴在金色的暖阳里，享受了兰阳平原的海滩风光，亲炙了安农溪畔的落羽松。日暮后返回礁溪，在闪烁的星空下，享受完清澈无味的温泉浴后，母女俩面对着落地窗外如画般的夜景同室而眠。这趟短暂的礁溪之旅，彻底地让我重获生活的乐趣。

岚岚返美前，我们母女言定，夏末时在肯尼亚会合，同游东非。

我的行程本又再度填满了活动，我对生活又开始充满了期盼。

我确定自己终于走出了忧郁症，继续前行。

后援

我何不找好几位好友组成一个"后援小组"，
一旦有紧急状况出现，
共同分担我的重任？

伏波进入长照机构约半年后，我开始整理自身放下了将近五年的健康问题。

首先要"修理"的，是我已经用了超过七十年，拇指外翻而严重变形的双脚。外科手术一次修理一只病足，受点刺骨之痛，休养三个月痊愈后，再轮到另一只病足接受同样的手术。

两脚术后要不了几天，我的生活便可自理，但我的行动会有近半年的时间受到影响。

在我不能行动自如的这段时间，受影响最多的人不仅是我本人，还包括已入住长照机构的伏波，我是他的紧急状况联络人，如果我不能一跃而起、夺门而出去配合他的紧急需求，必须在术前有所安排。因为进入长照机构的住民，无论是去医院就诊或因任何原因离开机构，都需要家属或监护人接手配合照顾,即所谓的共同照顾。

所以我必须安排在我术后的半年内,当伏波发生状况,能有其他的紧急联络人及时配合并做出相应的处理。

怎么办呢?

我是老人,两个妹妹也不年轻且各有状况。大妹住在板桥,要协助照顾孙子,在儿子一家人紧张又紧凑的生活秩序中,扮演不可或缺的支援角色。小妹原本是我依赖的紧急联络人,此时却刚接受了一场大手术。

我要怎么解决呢?

我忽然灵机一动。半年的时间不短,如果只找一位好友协助,他必须时时待命,这负担也未免太重。我何不找几位好友组成一个"后援小组",一旦有紧急状况出现,共同分担重任?

这么一想,我心中立刻有了方案:后援小组支援我的时间是3月到9月间的六至七个月,任务是一旦伏波需去急诊或住院时,赴医院协助入院的接应,并提供就诊或住院需要的物品。

至于聘用二十四小时的看护,则由行动不便的我从家中用电话遥控。

一旦心中有底，我立刻打电话给一位老友商议。这位老友与我相识已超过三十年，当年是因加入一个国际职业妇女的公益团体而结缘，她见多识广且足智多谋，有着过人的历练及人脉，是位遇事不惊、人脉丰沛又资源过人的女中豪杰。

我告诉这位智多星，我的首要考量是交情和行动力，而且此时我心中已有的成员是两对夫妇：一对夫妇与我住在同一栋集合式大楼，既是同事、好友，又是紧邻，有车；另一对夫妇住在仁爱路，除了是同事，先生还与我从小一起长大，他们也有车，且熟悉台北的道路。

这位巾帼英雄接到我的电话，不但立刻赞同我的想法，而且当仁不让，立刻自愿请缨第一个加入我的后援小组。

她又推荐了同一社团的另一位老友。这位老友退休前是金融界大将，也是见多识广，资源丰富，又住在士林，距离伏波急诊或住院的台北荣总有地缘上的便捷。虽然家中也有病人需要照顾，但真正紧急时，可最早抵达现场处理，随后再由仁爱路或南港的成员协调接手。

这六位好友的共同点，就是与我交情深厚，行动力强且处事果断，可以临危受命，当我有难求助时，没有相扰之虑。

如此方案已定,我便用LINE通知这些老友,在信息中详细说明我的方案。恰好那日,友人们都在线,他们全都立刻回复,且毫不犹豫地慷慨应允。

我随即组成一个以"秋豫后援"为名、成员共六位的群组。这六位朋友加入群组后,纷纷自我介绍,并告知若有事不能分身或外出旅行前,会先在群组内发出通知,与其他成员协调时间。

拜当代社交应用软件的实时性与老友们立刻应允之谊,这个方案从发想到完成,只用了一小时的时间。此时,我心中的大石落地,知道我可以按时安心地入院动手术。

我很高兴地立刻打电话告诉远在美国的女儿岚岚,感谢老天,妈妈有如神助,奇迹般地在短短一个小时内,找到了六位天使般的好友,他们挺身而出,拔刀相助。岚岚不需担心我即将入院动手术,也不用担心爸爸出状况时无人可依,更不必离开工作岗位,返台六个月承担照顾。

在日后的半年中,这个后援小组有如六个护法,坚定地守护着我，随时准备伸出援手，处理我在复原过程中可能遇到的一切难题。我经常向成员报告自己的复原情况。小组成员们如不在台北，也都会在群组里交代清楚。

更幸运的是，我术后的复原比预期的好。3月初动第一只脚的手术，4月初，我便通知小组已能缓慢地行走，我已可自己处理伏波的临时状况了。7月中旬，第二只脚的手术更顺利，而此时的我也已有经验，7月底便通知小组，我可以自行处理。

换言之，我的后援小组至今备而未用，但这个小组所给我带来的心理安定，笔墨无法形容。

我于3月初入院动手术时，虽然还在服用抗焦虑和助眠的药物，但在4月就得到精神科医师同意，停用了所有的药物，只专注于手术恢复的种种了。我丝毫没有因为自己进行两次手术，无法配合照顾伏波而增添新的焦虑。

我的后援小组至今没有成员退出，我也没打算解散。谁知道我又会面临什么状况呢？谁知道什么时候，我又要动员这些可信任又可依赖的老朋友呢？

如再有需要，我只需询问他们是否在台北、可否协助，再做相应的调整即可。他们如有需要，也可以成为获得后援的一方，我们的角色也可以调整。

少子化及不婚族有增无减，日后独自单身去医院急诊或接受大小手术的病患不但会越来越多，且不会仅限于银发族。法律的配合绝不及自救的安排，"秋豫后援小组"只是一个动用个人资源，量身定做的运作模式，而我何其有幸，属于个人资源相当丰富的少数，可以在有需要时得到协助。

值得注意的是，高龄人口中比我缺乏资源的人应该是多数，他们的老年需要更多的社会关注，甚至公权力的介入，更多结合健保、卫福和社福政策的运作方式，才能避免更多不必要的悲剧发生。

无人签字

"你的家属呢?
过来在手术同意书上签名。"
"可是我没有家属可以来签名。
我先生失智了,我女儿在美国。"

我瑟瑟发抖着躺在病床上，在手术室门口等候，准备接受手术。瑟瑟发抖不是因为害怕，而是因为3月初的台北仍是春寒料峭，但手术房的冷气恐怕连十五摄氏度也没有，以致我不免冷得发抖。旁边还有其他等候开刀的病人，看起来人人自危。

终于，一位护理师手持资料夹走来，开始唱名：

"郑秋豫！"

"我就是。"

"你的家属呢？过来在手术同意书上签名。"

"我没有家属陪同，我自己可以签名。"

"不行，除了你本人签字同意，还要你的直系家属来签名，手术中若出现状况可以做决定。"

"可是我没有家属可以来签名。我先生失智了，我女儿在美国。"

一阵沉默。

"我一定不是第一个，以后这样的人会越来越多。我可以留几个电话号码给你，必要时联络。"

"可是他们如果不是直系家属，不能做决定。"

我不免失笑了！很轻松地说："那就请医师到时候看着办吧！"

手术不能耽误，此事至此无解，只能不了了之，我终于还是被推进了手术室。

这次动刀的原因正是先前所提到的，因为我饱受来自遗传的拇指外翻、足弓塌陷和足底筋膜炎的折磨已多年，也就医多年，无奈行走、站立皆越来越疼。医师建议以外科手术矫正拇指外翻，至少解决一个造成双足疼痛的问题。

这场手术要锯骨、打钉，再休养复原，听来颇为吓人，但其实只是小手术一桩，受点皮肉之苦，无须紧张。我已年过七十，很多器官皆已老化；现今医学发达，视茫茫、发苍苍、齿牙动摇皆可修补，修修补补在所难免。根据我自己的定义，七十到八十岁是人体修补期，需要修补就趁早处理，以利复原。因此和女儿岚岚商量后，就排定时间，独自开刀来也。

清早八点时，空腹至医院报到住院，午后手术，住院一夜，次日上午待医师查房后，宣布一切顺利，即可办理出院手续返家。出院时，虽然蹒跚慢步有些狼狈，却连助行器和拐杖也不需要，自己走到医院门口，叫辆出租车就回家了。

三个多月后，我再度住院给另一只脚做同样的手术时，同样的签名戏码又再度上演，也同样地再度不了了之。可见只要进手术房接受外科手术，就需要有合法人士在术前签署同意书，但是若现场实在无人签字，又如何能勉强？

二度术后，我上网查了一下，发现这两次护理师在术前表示只有我的直系家属才能签署手术同意书一事，其实有些过分谨慎。

首先我发现，直系亲属签署手术同意书并非必要条件。手术同意书本来只需病人本人签署。根据台湾地区卫生主管部门公告，2018年5月开始适用的新版手术同意书，若立同意者非病人本人，"与病人之关系栏"应填

人与病人的关系,包括:

(一)病人为未成年人或因故无法为同意之表示时,得由法定代理人、配偶、亲属或关系人签名。

(二)病人之关系人,系指与病人有特别密切关系之人,如伴侣(不分性别)、同居人、挚友等;或依法令或契约关系,对病人负有保护义务之人,如监护人、少年保护官、学校教职员、肇事驾驶人、军警消防人员等。

还有一项:手术进行时,如发现建议手术项目或范围有所变更,当病人之意识于清醒状态下,仍应予告知,并获得同意,如病人意识不清醒或无法表达其意思者,则应由病人之法定或指定代理人、配偶、亲属或关系人代为同意。无前揭人员在场时,手术负责医师为谋求病人之最大利益,得依其专业判断为病人决定之,唯不得违反病人明示或可得推知之意思。

换言之,可以在术前签同意书的人并不少;手术进行中,如遇特殊情况,而病人无法表达,又无亲人在场时,的确是由手术室里的执刀医师决定的,所以我术前的失笑之语并无不妥。

但我两次手术前,都遇到现场医护人员"执法偏严",坚持需要我的配偶或直系亲属来签字,我推测恐怕是为了避免不必要的医疗纠纷之故。

其实如果换个位置来思考,完全可以理解医护人员为何选择从严解读,因为他们职业的最大风险,莫过于一旦涉入医疗纠纷所可能面临的精神压力、工作保障,甚至财力损失。

不过,无人签字反映的社会现象却不容忽视。

随着全民健保的普及与医疗进步的结合,高龄人口越来越多是事实,无论是老人独立生活,还是子女无法就近处理,配偶已逝或无行为能力,没有子女或子女不在身边——没有关系人,也没有法定代理人的老人一定会越来越多。

举我个人为例,以我目前的健康状况,就连指定法定代理人的资格也不具备。因为所谓的法定代理人是为了"协助无行为能力人和限制行为能力人为法律行为"所设计的制度,换言之,只有"无行为能力人"和"限制行为能力人",才具备指定法定代理人的资格。随着我年龄的增长,遇到无人签字的情况只会越来越多。

与此同时,我们也迎来了人类有史以来寿命最长的时代,高龄化是发达地区的共同社会现象与趋势,台湾地区自不例外。

根据台湾地区相关主管部门于2023年8月11日公布的"简易生命表",台湾地区人的平均寿命为79.84岁,其中男性76.63岁、女性83.28岁。而与联合国公布的2020年全球平均寿命比较,台湾地区的男、女性平均寿命,分别较全球平均值高了6.7岁及8.6岁。

2023年6月的户口统计资料也显示,65岁以上的人口约为419万,占全台湾人口比例的18%。预计到2025年,老年人口将超过20%,即每五个人中就有一人超过65岁。

其中,首当其冲会遇到无人签字问题的是独居老人——台湾的独居老人至2023年已有六十余万人,占65岁以上人口的16%。高龄照顾的问题越来越多,无人签字只不过是冰山一角而已。

此外,随着社会变迁及价值观的改变,短时间内,丁克族与不婚族只会增加，少子化也只会日益严重。在可预期的未来，无法指定法定代理人，也无人签署手术同意书的概率，只会有增无减。

外科手术前无人签署同意书一事，反映的不仅是我个人的经历，也是一个日益普遍，不容忽视的社会现象。我相信除了医疗单位及医护人员，其他有关单位及工作人员，如公权机构、社工、长照机构的工作人员，早已经常面临并处理同意书的问题，只不过这件事的优先级，排不到待解决的问题前面，尚未唤起社会的关注而已。

谁来照顾？

老人照顾老人，
能坚持多久？
失智症病患的照顾，
是否以在家里最佳？

又逢星期二,到了探望伏波的日子。连续阴雨了好些天,终于等来风和日丽而温度宜人的天气,我驱车去探望伏波,在和煦又灿烂的金色阳光下,沿着蜿蜒的山路,把车子开到伏波居住的房舍前停好。

今天很幸运,小小的停车场竟然没有一辆车!正在庆幸时,从停车场对面的保健室,有位穿着护理师制服的年轻女性向我跑过来,告诉我停车场必须净空,因为附近的房舍正在施作更换屋顶的大工程,有工程车要进来停放。

我道谢后,正要去移车,护理师问我:"请问您是来探望哪一位伯伯?"

我回答:"赵伏波。"

她立刻绽放了笑颜,说:"原来是赵妈妈。我认识每一位失智区的伯伯,赵伯伯我很熟,我常常见到他,就是还没见过赵妈妈。失智区的护理师说，她们每一位都和赵妈妈您很熟，包括社工和所有的照服员，因为您每周都来探望。"

申请入住长照机构前，必须持机构提供的表格，到医院做一项自费的健康检查，证明没有传染疾病，才能入住。

入住的第一天，在进入照顾区前，必须先到保健室由医护人员对他进行健康检查及触诊。平常住民有什么风吹草动，也都是第一时间被送往保健室，难怪机构内常驻的医护人员对失智区的住民都十分熟悉。

和有着苹果脸的护理师互通姓名之后，发现这位美丽的董小姐是保健室的护理长，真是失敬！

董小姐说："赵妈妈，我在这里工作以来，赵伯伯是我遇到过最难照顾的失智症患者，也是进入机构以后，病况下滑最快的患者。他来的头半年，情绪时常波动，不管我们替他做什么或是要安抚他，都需要同时加派四五个大汉才能控制住他。洗澡也是，要四五个人才能替他一个人洗澡。好不容易等他的情绪安定下来，他的认知能力却大幅地下滑，行动也不便了。

"我们都在说,不知道赵妈妈怎么能等到他失智那么严重、那么难照顾时才把他送进来。她自己也是老人了,在家照顾是老人照顾老人,难上加难啊!

"失智症到了中期以上,照顾的负担也越来越重,需要的是专业的照顾。'谁来照顾比较好',其实不是家人所能提供及承担的。可是我们的社会仍然在很多方面对机构照顾有误解,认为家庭里亲人的照顾一定比机构专业的照顾好。其实,谁来照顾是一个社会问题,很多时候真的不一定是家人照顾比较好,尤其到了失智症的中期与后期。为了患病的亲人,要放心地交给我们专业人员来照顾,才是对病人最好的安排。"

的确,董小姐提到了老年照顾的核心问题:"谁来照顾。"

回顾我照顾老伴的经历,最困难而迫切的问题:

一是老人照顾老人,能坚持多久;

二是失智症病患的照顾,是否以在家里最佳。

首先是老人照顾老人的问题。

我全职照顾了伏波四年,深切地体会到,照顾伴侣不同于相伴偕老。

相伴偕老最基本的条件是两个老人，在身体健康且可以独立生活的情况下，心灵上相互依赖，生活上彼此扶持。如果共同生活的两个老人中，有一方已失去独立生活的能力，必须完全依赖另一方的照顾才能维持正常生活，此时，两人共同的生活已失去平衡。被依赖的照顾者要承担的责任不断增加，虽在家同住，但相依相伴的部分却开始逐渐消失。随着失智老伴渐渐失去认知能力，照顾者的生活及身心压力无以言喻。这样的情况就是老人照顾老人，到后来是会无法承担的。

以伏波与我为例，四十多年来，早已协调出我们自己可以接受的平衡运作，相互依靠及分担，有如一个稳定的天平。

随着女儿长大，我俩各自的工作负担逐年有所不同，不过我们时时做些微调，天平依然稳固。

但从他需要我照顾开始，原来稳固的天平变成只能向一边倾斜，渐渐成为一个再也弹不回去的跷跷板。一旦一个人失去了独立生活的能力，从早到晚自睁眼至入睡都需要有人照顾时，他的照顾者所付出的体力和精力，不是一加一等于二，而是以倍数增加；且因失智症不可逆转，照顾者的付出，只有继续增加，不会逆转或减少。

2018年我开始照顾伏波时，已六十八岁，伏波当时七十四岁。他的病况在两年后——即我七十岁以后——急速加剧：在新冠肺炎疫情最严重时，整日不能外出，他的认知能力很明显地急速崩坏，幻听、幻视更加频繁，理解能力直线下降，言语表达也越来越简短。

我与他不再能交谈后，不知他心中所想，只能尽力照顾他的生活起居，从他的表情、神色去揣测他的心意。他的行为举止日益失序，如影随形跟在他身后的我益发少有喘息。随着突发情况越来越多，我也越发束手无策。换言之，我俩已无交谈和沟通，交心数十年的心灵伴侣已不复存在。

加上我也日益年长，精神和体力渐渐不复以往，身心负担却反而越来越重，在此情况下，我自己也开始出现生理及心理的病况：我的睡眠从熟睡、浅眠变成失眠；肠胃排泄也都开始失调；焦虑有增无减，体重直直掉落。我越是对伏波面带微笑，轻声细语，心中憋着的一股挫折感越是增大。

女儿岚岚说："妈妈，你太焦虑，要适时地让自己放松一下。"

可是，一方面我越来越不放心把伏波留给用人，另一方面越来越觉得自己力不从心。那种煎熬着实难以形容。

我对岚岚说："我想我可以偶尔发一下脾气，自己抒发一下，因为爸爸反正也听不懂、记不住了。"

但是当我面对伏波时，却怎么也不忍心提高声调，只是别过头去。这种长久的压抑，对我的健康当然也是有损的。

长期照顾病人谈何容易？老人照顾老人何其艰辛！

其次，除了心理压力，还面临在家照顾的硬件问题。

2016年，我们从汐止宽大的独栋山居搬到南港的集合式大楼，居住空间只有原来的四分之一。我的个性比伏波果断，断舍离了大部分家当并不难，但在装修城市蜗居，要放进一些无障碍设施时，却遇到了困难。

走廊很窄，难道要打掉所有的墙壁吗？房间也小多了，除了客厅、饭厅和一厨二卫，还隔成了四个房间，要改格局，就得先打墙破坏，再重新隔间；先制造一大堆垃圾，再重新买水泥砖瓦，费用增加又实在不环保。

最后，只能在浴室里设置把手便于起身，再加上一个移动座椅方便淋浴。淋浴间不大，还有一个浴缸，两三人一起站在里面，真是转个身都难。

就事论事，在家照顾岂止是买一张医疗用可调节的病床、买些成人尿布就能解决的？

至于居住环境及硬设备是否在家最佳，经过比较后，我也有了自己的体会。

我们原本舒适而温馨的家，因为伏波病后日益增添的需求，变得狭小局促。我们原本尚称宽敞的浴室，因为伏波洗澡需一人以上协助，变得不能容人转身。

伏波进入的长照机构失智区，全部是两人一室，没有其他的选择，但房间和浴室都比照医院的二人病房，且空间更大，十分宽敞。两张病床间的间隔很宽大，可将病床从容地旋转九十度以方便推动。我相信在台北市居住，卧房如此之大的应该有限。此外，浴室不但比照医院设施，且必要时，可容好几个人同时在里面协助。

换言之，长照机构由专业设计的空间格局、硬件配备及必要时的人力协助，全都优于居家照顾。

在日常生活的活动方面，回想自己在家里照顾的那几年，我曾准备拼图、折纸、积木、蜡笔，但除了立体折纸一项，他全都一律拒绝。

我也曾带着伏波，走遍南港、松山甚至大安区，试图让他参加台北市公权机构协办的各种失智症患者的团体活动。不料向来爱好运动、莳花的伏波，对任何活动都嗤之以鼻，双手抱在胸前不吭一声，也绝不参与。

莳花种菜只见我一人积极加入；团康韵律也只有我全力配合。卡拉 OK 因伏波不能歌又不谙闽南方言而完全放弃，只有我举着麦克风，一再地哄他张开金口。

外语学习时，那时还能交谈的伏波对我说："I can speak English. Why do I have to do this?"嘿！居然用英语向我抗议，我只能无言以对。

我不知他是否还记得在北美留学攻读、取得博士学位，并在大学任教多年的岁月，但显然在那个时刻，他还记得自己通晓英语，不愿参与退休的初中英语老师所提供的教学课程。

把伏波送进长照机构的失智区后，我发现社工、护理师与照服员都比我年轻太多，身体健康，体力充沛，而且彼此的默契绝佳，随时相互支援。

为了维持这些失智病人的正常作息，每天的白天时间,他们都被集中在护理站前的大厅中,随着机构安排上午及下午的各种活动课程,规律地作息。

向来不愿参加任何团体活动的伏波,在照顾人员的劝说、鼓励及诱导下,有些时候竟变成积极地参与活动。我收到机构传来的短片,只见伏波坐着投篮、拉弹力带、画图着色,甚至跟着照服员在有围墙的庭院中,面带笑容地散步。

有一段短片竟是伏波和一位照服员翩然起舞,随着音乐踏着舞步,还跳起我们年轻时流行的吉鲁巴舞步。只见他牵起照服员的一只手,灵活地将她左右转圈——啊!原来他还记得我们在美留学时,每年5月毕业典礼前夕必举办的校园舞会,校园中搭起大片的临时舞池,月光下,学生、校友与家长们盛装翩然起舞。在他残破的记忆中,是否还保留了片刻青春时期的快乐回忆?看着他灵活的舞姿,我深深地为他高兴。

原来到了长照机构,参加群居生活后,身旁有高龄同侪,也有年轻力壮的照顾人员,在他们的设计与引导下,他竟然参与了一些团体活动。我一再地看着那一段段几十秒的短片,感动得无以复加!至少在那些短暂的时刻里,他展露了笑颜,他是快乐的。

岁月匆匆，伏波进入长照机构已经近一年半。

这将近一年半中，他经历了数次急诊及住院一个月，智力和体力更加衰退，如今已不能行走，困坐轮椅。但他生活规律，情绪也已稳定，不识家人，但对每周探望的我，大部分时间会展露出短暂的笑容，会接受我的抚触，与我双手相握甚至轻轻摇晃，也会让我喂他吃饭。

我自己在伏波离家后，才有暇开始就医，寻求处理失眠、焦虑、忧郁的协助；也才能入院两次，接受拇指外翻的矫正手术。

我俩的生活，都有了新的规律，虽然不能再相伴，但至少我俩在不同的地点，都能各自好好地生活。

"谁来照顾"一问，答案当然见仁见智。但至少我和女儿岚岚都已确定，对我们一家三口而言，把伏波送进机构由专业人员来照顾，绝对是较好的选择。

不给你添麻烦

我不愿成为孩子的负担，
不要求孩子回报，
只盼她能独立自主，
自由自在地追求人生。

周末照例与女儿岚岚"煲电话"。母女如常地笑语了好一会儿,她忽然一改语气,相当严肃地对我说:"妈妈,你说过,你和爸爸死后都要树葬。那我问你,你是真的希望树葬,还是只为了不给我添麻烦?"

我从未想过女儿会有此一问,当下问她:"我们不是讲好了吗?怎么会这么问呢?"

她回答:"那我这么说好了,如果有一天爸爸不在了,他的骨灰交给我,由我来处理,你会不会不放心?会不会坚持要树葬?"

我说当然不会。

她继续说:"妈妈,我最近常常听到你说'不希望给我添麻烦'。可是我很愿意为你和爸爸做事,不会认为那是麻烦,所以你也可以考虑交给我处理。我希望你不要一直说'不想给我添麻烦',不然就有可能变成像××一样,老说不要给孩子添麻烦,结果变成那个最麻烦的人。我希望你做的决定,是你真心想要的,而不是担心会给我添麻烦。"

啊!原来如此!

我想起把伏波送入机构的第二天,又去机场送走了女儿,一路流泪回到家的我,在书桌上看到女儿留给我的一张生日卡。

卡片正面有九组图案及说明——一件睡袍和一双拖鞋下写着"舒适的衣服";一瓶葡萄酒和一只高脚酒杯下写着"来杯美酒";一盘大餐下写着"大吃一顿";一组美甲工具下写着"修个指甲";一块蛋糕下写着"生日快乐";一张面膜下写着"瞬间美肌";一份打包餐点下写着"点个外卖";一个猫头鹰型闹钟下写着"睡到自然醒";一张毛毯下写着"舒服的毯子"。

打开卡片,里面密密麻麻地写着——

亲爱的妈妈:

卡片上陈列的"对自己好"的事并不全是妈妈会做的,但我还是想借此提醒妈妈,可以开始为自己而活了。

这次回家以一个礼拜多一些的时间,稍微体验了妈妈这几年来的艰辛的亿万分之一,让我重新确认到,把爸爸送进机构是对的。不仅因为他在机构能受到完善的医疗照顾,也因为再这样下去,妈妈真的会垮掉。妈妈垮了,爸爸更得不到照顾,我也不知道该怎么办了。所以我很感谢妈妈这个决定。

接下来呢,妈妈也知道,我在妈妈今年的生日祝妈妈能慢慢重新认识自己,无论是找回自己生活的步调,开始以自己为优先来安排事情(就诊、出游等),甚至体验一些有兴趣,但一直没做的事情(比如小酌一番),并且能以最真实的情绪面对每一件事。不必再为了谁而迁就,过着你想要的生活。

从奶奶、大伯伯、爸爸到现在,你终于可以休息一下,喘口气了。慢慢来吧!

永远爱你的,岚岚

生日卡是女儿在爸爸住进机构后,对我的鼓励与希望。
这次的电话则是女儿再次地提醒我,不要在给她添麻烦这件事情上矫枉过正。

确诊失智后，伏波很严肃地要我全权处理他的财物、信用卡及后事。

我们一方面决定只留下他退休金入账的账户，一起去银行清理了不需要的账户，也停用了他的信用卡。他不愿讨论身后的安排，但我毫不忌讳地预立了遗嘱。

另一方面，当时我准备一年后退休，于是一边继续实验工作，但也一边通知助理们安排深造或另外就业，同时清理实验室的设备、物品并造册存档。

退休后不久，台湾地区立法机构于2019年1月通过"病人自主权利法"。我明知伏波罹患的阿尔茨海默病是慢性疾病，最好通过法律途径预立医疗决定，但此时他已无法阅读，我也无法口述让他理解。不过至少我自己是可以预立医疗决定的，我妹妹也有同感。我们相约一同前往医院，经过咨询，在好友的见证下，预立了"不急救"的医疗决定，还加上捐赠大体，完成签署后，注记于健保卡内。

完成程序后，我告诉岚岚，我和伏波都相信走完人生后，"尘归尘、土归土"，火化后，将骨灰树葬。

我还告诉岚岚，爸爸比妈妈年长六岁，依统计可能会先离世，只要我还在，我一定会处理他的后事，必不会麻烦她。

至于我的身后，由于我签署了捐大体，会捐哪些器官还不一定，所以她不必在我死后立刻赶回台湾地区，等到我捐赠完了可用的器官，剩下的部分才会火化，不知道何时才能取到骨灰。

既然没有坟墓，减少了扫墓一事，麻烦也少些，只要把爸爸和我放在心里，记得我们就可以了。

告诉她时，我问她有没有什么意见，她回答我："那是你的身体，我尊重你的选择。"

如今她会有此一问，想必是经过了一番思索，而且重点是因为我老把"不给你添麻烦"挂在嘴上。

回想自从伏波病后，很多时候我与岚岚的对话内容，都有如"交代后事"；处理任何事务，也尽量以自己处理、不麻烦她为原则。

从汐止搬迁到现今的蜗居前，我处理掉了旧居所有的大型家具与音响设备，捐出了九成以上的衣物鞋帽，分送了厨房里多年搜集的杯盘家电，还有家中书架上满载的书籍与杂志。心里想的是，光是伏波和我两人的书，加起来就不知有多少箱。这些东西将来如果全部交给岚岚处理，不知会给她增添多少麻烦,所以不能把这么多事情全部留给她一人处理。

迁居后,我又分次交代岚岚,家中的重要文件放在哪里、银行账户都有哪些、自书遗嘱交代了什么、遇到问题时可以去找谁咨询……力求减少日后她处理相关事务的麻烦。

我属于第二次世界大战后,婴儿潮时代里,学有专长、学成就业,个人努力加上社会造就的那群中产阶层。普遍的共同点不外乎幼小时日子偏苦,成长时奋力求学,就业后努力工作,成家后力求工作与家庭兼顾。平时生活一定自奉甚俭,孝敬公婆及父母尽心尽力,教育子女竭尽所能,老来日子自给自足。

除此之外,我们还有一个最大的共同点:就是不愿成为子女的负担,不要求子女回报。因此,从来不提孝顺二字,只盼他们能独立自主,无牵无挂地打开视野,毫无挂碍地拥抱世界,自由自在地追求人生。所以大部分我这一辈的人,公认也自认是最能放手的父母。

岚岚提出的问题于我有如醍醐灌顶。原来我只从自己的角度出发，却不曾顾及孩子的想法。

我一心希望尽量不增加孩子的负担、不给孩子添麻烦，却不曾想过，孩子并不会把分担家里的事视为麻烦，也不介意为父母做些事，更何况是父母身后之事。

原来早已成年，也已独立发展的孩子，从未介意参与并分担些责任。

回想自从伏波患病、心智渐失以来，我的确从未想过要岚岚分担照顾，也从未想过要她回来。我总觉得她有她的人生，只要我还在、只要我还有能力，照顾伏波是我的责任。

但我记得有段时间，我曾带伏波去一个私人机构，上过一阵子定制的心智照顾课程。这类课程所费颇为不赀，岚岚一听就说她可以负担这些钟点费。我当时完全没有预期，感动之余立刻回复，我有能力负担，还不需她分担。岚岚说："那你有需要时，一定要告诉我。"

后来伏波住院，适逢农历新年，有一周时间的看护费用得加倍，岚岚一听也立刻说，她愿意负担看护费用。我当时也立刻告诉她，我能够承担，不需她费心。

原来孩子每每想参与分担，而我却总是立刻拒绝。

我与同社区的邻居好友们练习唱歌时，谈及此事，好几位与我年龄差不多的阿嬷们顿时笑成一团，连说都有共同经验。

原来大家都以不成为孩子的负担为己任，鲜少对子女提出要求，而且也都经常对孩子们如是说。而这些早已不再是孩子的孩子们，听多了的反应也差不多！

我们七嘴八舌地讨论后，发现其实这些有心也有力的成年子女们，心中对父母也都有着感念与珍爱。既然为人父母者什么也不要，什么也不求，还一天到晚把"不要麻烦你们""不想给你们添麻烦"挂在嘴边，子女也会选择用自己的方式反馈父母。不管是和父母一起出去吃饭时，默默起身把钱付了；或是去卖场采买后，不声不响地塞些食物到父母的冰箱里；父母舍不得放弃使用已久的家电，儿女们会悄悄地更换；父母不擅网购家用品，儿女们网购时会加购父母的一份；长假将至，儿女们一起规划、安排一家三代同游……

其实孩子们并没有不乐意，也不嫌麻烦，怕给他们添麻烦只是父母的一番心意。

大家笑谈后的结论是：我们以后还是会这样想、还是会这样做，但嘴上尽量不要再说"不给你们添麻烦"了，免得伤了他们的一片心意。

随着社会变迁,文化自然也会变,亲子关系的转变只是其中一环。社会早已多元化,个别差异也已成为日常,传统做法不再是主流,各人各家有些不同的做法本就不足为奇。

身为父母,我们这一辈不再把"孝"挂在嘴边,也不再要求子女要"顺";比起我们,我们的子女辈也因此有较多的自由和更多的选择。

虽然我仍会从岚岚的笑语中偶尔得知,有些我随口而出的意见和看法,她听来已如同情绪勒索,但至少我们母女可以一笑置之。我女儿知道那不是有意,只是我们之间不可避免地存在着些代沟。

归根结底,只要父母与子女之间沟通顺畅,互相体谅,珍惜彼此的真心真意,心中满满都是相互的珍惜与爱,父母想怎么做、孩子会做些什么,都不是问题。

夕阳人生的自己

以往肩负的责任终于多已卸下，
今后的我，
无牵无挂地回归自己。

每逢年底，我女岚岚都会返台探亲，2024年适逢"台湾地区领导人选举"，她打算投完票才返美，所以比往常停留的时间长些。

这次的返乡之旅，除了探望伏波，除了与我相聚，她还打算做些什么？我又要做些什么呢？她的角色于我是女儿，于儿时同窗是多年好友。我们母女虽然感情极好，但我于她又是个什么样的母亲呢？

我忽然醒悟，从她出生以来，我一直过着像陀螺般转个不停的生活。好比一个街头杂耍卖艺者，只有两只手却控制着三四个球，轮流向上丢着，不能落地，在各种责任中不断地调整，求取平衡。

每逢假日，我是家庭主妇，必是买菜、做家务马不停蹄；每逢年节，我是媳妇，必得做一桌好菜笑颜侍亲。直到岚岚离家去求学前，每当做完了家务，我就带着她去实验室"一起做功课"。她学成就业后，从此变成一年见一两次面的客人。

她从小就与父母十分亲近，但我除了研究工作占去的时间，还需扮演为人子女、媳妇、妻子、母亲的角色。无论我多么希望多给女儿一些时间，母亲这角色总分不到多少时间！除了她幼时偶尔小病，我才会暂时放下一切，我作为母亲的时间实在有限，以致她小时候曾对我说过："妈妈，你现在可不可以专心听我说话？"

随着岚岚成年后学成就业，伏波失智需要照顾，我的角色成了全职照顾者，一切以伏波为第一。我与女儿是贴心好友，我会向她寻求心灵支持，而我作为母亲的角色更越发淡去。

岚岚回家，我俩当然要结伴探望爸爸，但我已不再需要照顾伏波的生活起居，我于是向岚岚宣布：她在台期间，我打算尝试全程都只做她的母亲。

岚岚抵台后休息了一夜，第二天一早，我们母女便一起去探望伏波，此时我俩是妻子和女儿。

冬日的阳光温暖如春，我们推着轮椅，把伏波带到庭院中，让他沐浴在阳光下。

伏波仪容整洁，服装清洁，我握握他的手，看到他的指甲修剪齐整，也感受着那熟悉的温暖。我探手到他颈后，也伸手到他袖中，知道他干净如昔。我和岚岚对他说话，也彼此交谈，并轮流喂他吃饭。

因为我每周探望伏波时都会照几张相片，传给岚岚看，所以她对爸爸的现况并不诧异，平静地拥抱最爱的爸爸，握他的手，看着他不再行走、不再识人，也不再言语。

温暖的阳光下，伏波的眼睛渐渐有了些神采，缓缓地伸出一只手来，拉住岚岚的外套。我们把这行为看在眼里，很有默契地没有多做解释；更不会加以渲染，说他终于认出了女儿。因为我们都理解失智病症的不可逆，只望他能吃、能睡、身体健康、生活安稳。我们再没有期待，更不会强行解读他偶然的行为。

回想伏波向来温文有礼，对人大方，事亲至孝，善待手足，教学认真，处事公正。对岚岚，他是无役不予的父亲；对我，他是百分百信赖的丈夫。他无法选择如何走完人生，但至少他已无憾。现在的他，除了本能所需，已没有任何要求，不会期待有人探望，也不会悲伤没有亲人在身边，不再畏惧老病死亡。只要他能受到好的照顾，这对他未尝不是另一种福报与解脱。

而探望他是我们的意愿，从不是他的要求，所以此刻的我们，见到他时再无所求。他见到我们如果没有反应，我们不再悲哀；他见到我们如果笑逐颜开，我们与他同乐。现在是我们母女疼他、爱他，他对我们不需再有任何表示。作为妻子，我就尽心尽力与尽责了。

我与照顾机构的医护人员讨论，结论是探望也不必过于频繁，仍维持一周一次，以免影响伏波的正常活动与作息，于是我才与岚岚规划我俩的活动。

这次岚岚返家，我们母女赴礁溪进行了一趟轻松、惬意的休憩之旅。除了去礁溪度假，岚岚在家的其他日子，我没做任何安排，只是全程陪伴着吃吃喝喝、走走逛逛，或在家做些她从小就喜欢的家常口味。

回想从抱着刚出生的她自医院回家，我就让她独自住进自己的房间，培养独立；从初中到高中六年，我把她送入寄宿学校，接受团体生活磨炼；大学时，她便离家远赴异乡，从此离乡背井，独自打拼至今。也是直到如今，我才终于心无旁骛地享受了作为全职母亲的快乐。

假期结束后,岚岚如期返美。我发现自己不再打不起精神,不再过一天是一天,而是精神饱满地规划母女下一次的同游,安排与友人相聚,阅读好书,享受喜好。

以往肩负的责任终于多已卸下,我不再需要向任何人负责。现在我的人生已是即将西下的夕阳,剩余的责任,仅有在伏波需要时才为人妻,女儿需要时才为人母。

今后的我,就无牵无挂地回归自己,好好地度过也为时有限的剩余时光。

特别收录
女儿岚岚的内心话

2020年10月，我睽违三年，终于返回中国台湾。在防疫旅馆度过当局规定的全居隔期后，我虽然还得在防疫旅馆再住几天，但至少白天可以出去了，于是我与妈妈相约在捷运站见面，准备一起去喝个下午茶。虽然之前妈妈已经给我打了预防针，说她瘦了很多，但我第一眼看到她时，还是吓了一大跳。

不是瘦了很多，是瘦了非常多。而且双眉紧锁，连笑着的时候，眉间的川字都清晰可见。

新冠肺炎疫情暴发后，我在美国回不了中国台湾的三年里，透过与妈妈每周的电话联络，我已知道爸爸的记忆力及自理能力衰退得特别快。原本还能勉强听懂"现在要去哪里""等一下喔"之类话语的爸爸，渐渐地无法与之沟通，想让他完成基本的生活机能（如刷牙、洗澡等）都难如登天，而且臕起来，几个大男人都拗不过他，更何况我那已经瘦到低于五十千克、年过七十的妈妈。

妈妈每周在电话中，跟我更新爸爸的情况，于是我知道晚上她和用人哄爸爸睡觉时，必须先把卧室以外的所有灯关掉，不然爸爸看到别的房间亮着灯便会坐进去，然后就不出来了；她每晚睡两三个小时就会惊醒，一惊醒，就立刻聆听爸爸那边有没有动静，怕他半夜跑出去，但她这一醒就睡不回去了。

白天的焦虑及晚上的失眠，不仅造成她精神上极大的损伤，也反应在身体的各种状况，但她因为照顾爸爸，没时间去看病。

医师说，失智者每天的情况都是"过渡期"，而爸爸的确不停出现新的状况。原本还会自己洗澡，但有一天突然就不愿意洗了，妈妈因此开启每天努力说服爸爸洗澡的日子，从一开始假装自己洗不动，哄爸爸一起进浴室，到后来哄不了，就绞尽脑汁变新的花样。明明前几天还有用的方法，今天突然就失效了。每天算着爸爸"已经几天没洗澡了，怎么办""今天该怎么让他心甘情愿地维持基本的自身清洁"。

再者，每天早上她醒来后，第一件事就是引导无法沟通的爸爸吃饭、吃药，接下来想办法挨到中午，再领着他吃午饭，下午带他去电影院看不知所云的电影打发时间，傍晚再带他散步。有时候散完步刚回到家，爸爸一转身又要出去。（"我要去散步。""刚刚散过了，回家了！""没有，我要去散步。"）得费九牛二虎之力说服他进门，引导他吃晚饭。吃完饭，还不能立刻吃药，要等到时间到了，才能说服爸爸吃药，再努力把他引到卧室睡觉；中间还要烦恼怎么哄他洗澡、刷牙……

妈妈说，她每天感觉就是在熬时间，熬过一天，再开始同样难熬的下一天。而且她每天连个说话的对象都没有了，因为爸爸对话的能力也不见了。

虽然家里有人，但妈妈实际上已经没有伴了。

从爸爸病症初显到急转直下这段时间，虽然我很努力地做妈妈的倾听者，但身为"女儿"，看着妈妈每况愈下的精神状态，我也束手无策。这时候，我就很希望中国台湾像美国一样，有更充分的心理治疗资源，能引领妈妈疏导并适当地宣泄情绪。

这里所说的并不是 psychiatrist（精神科医师），而是

therapist（心理师）——电影里，聆听躺椅上的患者讲话的那种，不一定给患者开药，但会提供患者一个安全、包容的空间，把平常说不出口的心里话说出来。

但妈妈不愿意，总说她没问题、没生病、不想吃药。我也不能勉强，只能看着她像根越绷越紧的弦，然后暗自着急，怕哪天弦就这么断了。所以当妈妈说可能照顾不了爸爸了，考虑把爸爸送到专门照顾失智者的安养机构的时候，我二话不说，立刻同意并支持。并且趁着爸爸还没入住安养院、还在家的时候回中国台湾，三人共享最后的一点天伦之乐。

会舍不得把爸爸送去安养机构吗？当然会。但我也舍不得身心疲惫、每天所做的每一个决定都是为着爸爸、完全没有了自我的妈妈。我当时觉得把爸爸送到安养院，对两人都好：爸爸能得到更专业的照顾，妈妈也可以放松紧绷了四年多的神经，不然再过不久，我的妈妈也要倒下去了。

送爸爸进安养院后，妈妈开始了四十四年来，第一次真正的独居生活，并适应了好一段时间。

刚开始，妈妈怕爸爸无法适应安养院的生活，每天还是以"随时待命"为主，连安排自己动手术、体检等，都是从"如果爸爸出了什么问题，我可以立刻飞奔过去处理"的观点出发。而且因为安养院离家里有段距离，她差点搬离现在这个交通非常便利的地段里的房子，去住到离安养院较近的地方。

因此我要说，我其实非常感谢安养院的人告诉妈妈，一个礼拜探望爸爸一次就好。当然，这是因为失智患者需要过非常规律的生活，而亲人的探访会打乱病人的规律。但因为妈妈从家里到爸爸住的地方，来回一趟大约要四个钟头，如果她每天去探望，也很难腾出时间来做别的事情。

这边也要感谢妈妈的姐妹及朋友们，大家平常有事没事会约她出去吃饭、上老人体能课程、到妈妈家坐坐等，日渐多彩多姿的生活也逐步转移妈妈的注意力，让她开始找回自我。

这段时间，爸爸渐渐融入安养院的生活，妈妈也渐渐学会相信安养院的工作人员，并成为照顾爸爸的团队中的一员，而不再是一个人孤军奋战。记得妈妈第一次决定做一个小手术，并且没有因为"术后连续三个月无法探望爸爸"而不敢动手术，我感觉她终于开始放松了，也终于开始把生活重心放回自己的身上了。

2023年11月，妈妈提出母女俩一个半月后，一起去韩国玩。其实她一直很想和我旅行，但提出这个方案的时候，明显意兴阑珊，而且过了一个礼拜，就以身体有些不适、大概走不了远路等理由取消提议。我当时说那就在台湾地区找个地方玩吧，因此，我和妈妈去礁溪泡了三天两夜的温泉，好好放松了一回，回台北后，她明显地开心多了。

后来，妈妈发现熟识的西餐厅老板一年会带一次旅行团去非洲，兴冲冲地与我讨论后，帮我俩报了名；也开始和朋友相约去欧洲旅游，更积极地上卡拉OK课、写作等。

提及这些即将来临的活动时，她眉飞色舞，与之前提起去韩国玩的兴致索然形成了鲜明对比。我感觉到，妈妈终于走出忧郁，开始为自己而活了。

真好。

跋

《你忘了全世界，但我记得你》的学术价值[1]

一

2024年6月的一天，好友爱军快递给我一本书。打开包装袋，书名跃入眼帘，是繁体字版的《你忘了全世界，但我记得你》（以下简称《你忘了全世界》）。我迫不及待地翻开扉页，扫视前数页，连声说："不可能！不可能！"作者郑秋豫，这是我结识多年的学友。书胆"伏波"在北京曾磨面畅谈，这样的大学者居然被疾病掏空了内贮的"全世界"？！

我即刻搁置手头正在写的任务，一头扎进字里行间，

---

[1] 此文将收入本人主持的国家社会科学基金重大项目"我国老年语言能力的常模、评估及干预体系研究"（21&ZD294）。

去寻觅伏波"忘了的世界",分享秋豫的"还记得你"。我如饥似渴地啃读,除了他们是朋友熟人外,还受到两个外力的驱动:一是自2003年起我就开始关注老人智力衰退,特别是阿尔茨海默病老人的相关研究及其文献;二是我正在主持国家社会科学基金的重大课题,老人智力衰退是研究课题之一。

喜闻中信出版集团将出版《你忘了全世界》简体字版,不失为雪中送炭之举。此书在表面上是一位妻子叙述陪伴与照护阿尔茨海默病丈夫的艰苦历程。妻子的挚爱、无微不至的照看、心中挫折与无奈、永不放弃的坚韧、把家庭小我的不幸用文字化为关爱人群的大我——这些都是从字里行间自然而然地迸发出来的,我无须赘言。我拟借此机会与读者分享的,是从一个老年智退症(亦称失智症、痴呆症)研究者的视角,谈谈此书对我的启迪。换句话说,此书不仅有关于照护老年智退症患者的科普价值,还有学术参考价值。

二

《你忘了全世界》记录了伏波的发病历程,从早期征兆到失语直至完全失能，还涉及伏波与疾病抗争的一些策略。这是不可多得的个案跟踪研究实料。我们目前正在构建的老年多模态语料库中有几十个样本，分轻度认知障碍、中度智力衰退和重度阿尔茨海默病。这些样本是研究人员到医院或疗养院机会性采样，每个样本最长几个小时，严重缺乏系统性，更谈不上长时间跟踪。国外有个影响较大的个案跟踪研究，是 Heidi Ehernberger Hamilton 读博士学位期间，跟踪阿尔茨海默病老人 Elsie 四年半，聚焦她的语言使用跟病情变化之间的互动关系，撰著 *Conversations with an Alzheimer's Patient: An Interactional Sociolinguistic Study*（剑桥大学出版社，1994 年），流行于学界。四年半的跟踪，而且仅聚焦语言，跟《你忘了全世界》相比，其不足是显而易见的。

《你忘了全世界》记录了伏波从出现早期征兆直至完全失智失能的全过程。此外，还提及了伏波的阿尔茨海默病家族史，作为个案研究佐证材料尤为珍贵。

伏波于 2010 年初退休在家，《你忘了全世界》写道："不知从何时开始，他越来越频繁地在我的工作时间打电话来。"当伏波被质问为什么老是打电话，他还是笑眯眯地说："你搞错了吧？你那么忙，又要写论文，我哪有打电话给你？"这表明"伏波的心智开始退化，短程记忆不再"。"我下班回家准备晚饭时，打开电饭锅，发现他自己中午放进去加热的食物已经凉透。他定向感的流失也开始明显，出门时瞻前顾后，完全不知要朝哪个方向行走。开车行驶在高速公路上，会一直问我怎么走；到家时，过家门而不入。"这些是阿尔茨海默病的早期苗头。Diana Friel McGowin 也是阿尔茨海默病患者，在她自著的 *Living In the Labyrinth：A Personal Journey Through the Maze of Alzheimer's*（Delacorte 出版社，1993 年）里，谈到她跟伏波类似的征候。她 45 岁时发现自己"记忆掉链"（memory lapses），自驾车回家失向，前后花了四个多小时才走完原来花十五分钟的路程。

伏波于 2022 年 10 月 17 日进入长照机构。从初显征候到入住机构前后十二年。其间，伏波病情发展经历数个明显门栏，诸如：（1）反复煮咖啡："餐桌上、矮几上、收音机上，无处不是一杯又一杯的咖啡"；（2）一次洗澡三个小时，伏波还不承认；（3）打乱厨房摆放："各式杯盘和锅碗瓢盆杂乱地散放一室；而伏波则踩在厨房用的椅凳上，毫无章法地把杯盘往橱柜里重新摆放。我开始好声好气地劝他回房间睡觉，他回答说：'你先去睡吧！我这里有事,我做完了就去睡。'"(4)各种纸巾塞满衣袋、裤袋和侧背包;(5)就寝紊乱、入睡困难;(6)盥洗、刷牙、洗脸、剃须"需要手把手地完成";等等。这最后一项表明伏波已经失去独立生活的能力。

《你忘了全世界》记录了伏波的一些对话,除了上文引用的外,其他的诸如A、B、C:

(A)(从淋浴室一阵扑面而来的热气中,传来他没好气的呵斥)

伏波:你干什么?

秋豫:你洗了好久了,该洗好了吧?

(他更加不耐地说)

伏波:你出去、你出去。我洗澡,你进来干什么?我洗好了就会出来。

秋豫:可是你已经洗了三小时,早该睡了!

伏波:乱讲,你出去。我洗好了自然就出来。

(B)(秋豫给伏波涂乳液,他一面两手推掉,一面不停地说)

伏波:这是什么东西?我不需要,我不需要。

（C）（有一天，伏波突然不洗澡了！我看着没洗澡就准备上床的他，口气尽量和缓地说）

秋豫：洗个澡再睡觉好吗？

（他不耐地回答）

伏波：我洗过了。（便径自上床）

上面A、B、C三例，从对话本身来说，伏波的应对是自然、正常的。然而放在维护日常生存活动中看，我们目前主流的、根据会话分析理论做的医患会话结构主义分析的缺陷就暴露无遗了。

伏波对自己的阿尔茨海默病家族史是有清醒意识的。"伏波从年轻时起，业余的爱好就比我多，动的方面如爬山、跑步、举重，静的方面如园艺、阅读和看电影"，"伏波退休后，如我预期地把时间分配在莳花、阅读、爬山与散步之间，相当悠游地过日子"。这些活动对延缓他的发病应该是有益的。

然而，伏波的病症日趋严重，《你忘了全世界》写道：

> 我还试过带他去社会局专为失智病患而开的社区课程，也试过所费不赀的私人课程，但所有努力换来

的都是他空洞、呆滞的目光和摇头拒绝，只是一语不发地坐在一边。这些令人万分挫折的经验再次让我体会到，无论文献中建议的活动如何有益身心，无论活动的设计如何专业与用心，一旦他的病情让他对外界的事务不再能提起兴趣，一旦他对送到面前的东西全部拒绝——一切的努力都是徒劳无功，再好的设计也是枉然。他的挫折也成了我的挫折。

这是《你忘了全世界》给我们研究者，特别是神经科学界提出的巨大挑战！

不过，Diana Friel McGowin 是阿尔茨海默病确诊者，确诊后她还能著述自己的抗争经历，让他人从中获益。她写道：

> 眼下，我多种能力的衰退没有像先前那么快。我好像到了一个稳定期（plateau），我可以保持坚定。我祈祷自己能够减缓下滑线，也祈祷研究人员能够尽快找到灵丹妙药，拯救这个可怕病魔的受害者。（McGowin, 1993: 119）

我个人猜想，从伏波的家族史看，伏波也应该有像

McGowin那样的plateau（稳定期或潜伏期），他在退休前历任某大学系主任、院长、教务长、代理校长等职，加上广泛的动与静的生活爱好——这些丰富的身脑心活动应该大大增强了他的"智力贮备"（cognitive reserves），拉长了他的稳定期或潜伏期。

三

《你忘了全世界》还有一个不可多得的学术价值，即提供了阿尔茨海默病一位亲密看护人的辛酸苦辣史。当前文献里常见的是医护工作者、老年康养中心的护理人员等撰写的照护经历。他们跟照护对象是工作关系，下班后或患者离开医院、中心后，他们的照护责任就解除了。换句话说，他们有"解脱"的空间。而《你忘了全世界》的作者跟照护对象有四十多年的夫妻关系，她要做的是二十四小时照护，十二年如一日！她是放不下、隔不断、忘不了！真是做患者易，做照护人难！下文因篇幅有限，仅提纲挈领交待两点体会。

（一）人格与尊严问题

我们做老年多模态语料库时，涉及对老人和家属做点访谈。健康老人通常愿意接受访谈，而患病老人，特别是精神类病患者，无论是患者还是家属，往往是拒绝访谈。社会文化层面上，面子问题是首先考虑的。心理道德层面上，考虑的是人格与尊严问题。上文起首我疾呼"不可能"，有一层含义就跟人格与尊严有关。伏波和秋豫都是"有头有面"的人物，秋豫怎么全写下来？！患者及其家庭是小我，为了人类社会之大我，秋豫做到了反刍小我，成就大我。

精神病学界对阿尔茨海默病患者的人格与尊严有多年的争鸣，至今尚未有一致的认识。一方面有人认为，重度患者的智力被疾病掏空了，只剩下肉身一躯，原先的人格已经消失，其应有的尊严变得无所依附，因此无主体尊严可言。精神病照护常常被描述成"doom and gloom"（黑色无望）的行当。1983年，有影响力的学术刊物 *British Medical Journal* 刊登了 George S Robertson 题为 "*Ethical dilemmas of brain failure in the elderly*" 的文章，主旨是在老龄化社会里，失智老人的行为是社会普遍价值所不能接受的。失智跟失去尊严（loss of dignity）是同义的。解决办法是尚健康的老人在未患病之前就签书面声明，为了尊严自己决定是否治疗或如何治疗。

英国精神病学家 Tom Kitwood 则持不同的观点。他强调指出，无论智力衰退到何种程度，也改变不了患者作为其"人"（person）的本质。精神病照护要从这个人之根本而不是脑中之病变出发（Kitwood，1997）。*British Medical Journal* 1984 年编辑专号，针对 Robertson 的观点展开争鸣。其中 Murphy（1984）一文写道：

> *患者丢失尊严，其根源来自我们照顾受难者的方式，而不是疾病本身。保护受难者的人格比他们人生其他任何时刻来得更加迫切。*

秋豫照护伏波的所作所为是对 Murphy 观点的支持。患者的人格与尊严来自照护人，伏波入住的养老机构似乎也是这么做的。

（二）照护人的情绪与健康维护问题

我喜欢用八个汉字描写阿尔茨海默病照护人：钢丝神经，菩萨大心！患者的非常态行为、人际关系的错位、常识知识的消失、呆板木讷无神的面部表情等，会给照护人带来难以言状的伤害。用秋豫自己的话说："如此重复几个回合后，我已忍无可忍，在心里对自己说：'他是病人，我得忍让。但我是人，也有情绪，我也有权偶尔发个小脾气发泄一下。'"秋豫还写道:"今天的日子要怎么熬呢?"秋豫抑郁了。

我有点食不知味,夜不成眠,但那只是由于伏波的状况频出,经常让我措手不及、应付不来、焦头烂额又束手无策。那早已是我的日常,我应该已经习惯很久了,我只是有点太累,有点太焦虑罢了。

又写道:

一再面临的是束手无策、焦虑不安,几乎时时忧心如焚。

上面这些文字相随不止十二年!让我无语!我只能说:秋豫,真钢丝神经!秋豫,真菩萨大心!

顾曰国

北京外国语大学

人工智能与人类语言重点实验室

首席专家

引用文献：

Hamilton, Heidi Ehernberger, 1994. Conversations with an Alzheimer's patient: An interactional sociolinguistic study. Cambridge: Cambridge University Press.

Kitwood, Tom, 1997. Dementia reconsidered: The person comes first. Buckingham: Open University Press.

McGowin, Diana Friel, 1993. Living In the Labyrinth: A Personal Journey Through The Maze Of Alzheimer's. New York: Delacorte Press.

Murphy, Elaine, 1984. Ethical dilemmas of brain failure in the elderly.British Medical Journal, Volume 288, pp.61-62.

Robertson, George S, 1983. Ethical dilemmas of brain failure in the elderly. British Medical Journal, Volume 287 10 December, pp.1775-1777.